Concepção Editorial e Textos
Sérgio Fantini

Ilustrações
Guga Schultze

Projeto Gráfico
Danilo Medeiros

Revisão
Sérgio Fantini / Bethânia Lima

Márcio Rodrigues Farias - Bibliotecario - CRB15/RN 0334

F216l Fantini, Sérgio
Lambe lambe. / Sérgio Fantini. 1.ed. - Natal(RN) :
Jovens Escribas, 2016.

216 p.

ISBN 978-85-55640-17-9

1. Conto brasileiro - Crônica. 2. Literatura Brasileira.
I. Título.

2016/02 CDD B869.3
CDU 869.081-3

SÉRGIO FANTINI

LAMBE LAMBE

Jovens escribas

DESENHOS GUGA SCHULTZE

Aos fotógrafos profissionais do Parque Municipal de Belo Horizonte, referência para este livro.

Nossas cidades são cheias de desvãos, de espaços baldios, de territórios públicos para onde são empurradas milhares de pessoas sem rosto e sem nome diante do mundo.

Braulio Tavares

São essas famílias que chegam do interior carregando pouca bagagem porque nunca sabem como vai ser. Primeiro se desorientam no desembarque. Alguém tem fome e sede, alguém precisa ir ao banheiro, alguém tem medo e quer voltar para casa, alguém vai chorar. Tímidos, não pedem informação – esqueceram a orientação de uma vizinha - e ainda nem saíram da rodoviária.

Quando conseguem chegar à rua, o mesmo espanto de todos os que vieram antes se estampa em seus olhos: tantos prédios altos, tanta gente e tanto carro. E é só domingo. E toca caminhar em frente; hão de chegar a algum lugar.

Poucos minutos e muito embaraço depois, estão aqui, no Parque. Um imenso conforto ver tantas árvores juntas, adultos deitados nos gramados, crianças correndo livres, balões, pipoca, brinquedos, gatos, patos, cães, bolas... O espanto desaparece e uma alegria antiga passa a brilhar em seus olhos. Estão se sentindo quase em casa, naquela cidadezinha do interior.

A neném deitou-se e dorme, uma formiga sobe por seu braço. O irmão, sentado ao lado, inveja uns meninos jogando futebol ali perto. A mãe abraça a bolsa e segura a sacola que guarda seu pouco dinheiro e duas joias: aliança de casamento e o camafeu que herdou da avó. Mala no chão entre as pernas, o pai está de pé, analisando tudo, tentando ajustar-se, tentando projetar seus próximos passos, tomando coragem para pedir informação sobre seu destino, torcendo para que exista um policial de confiança com quem possa trocar uma palavra.

Essas famílias já fazem parte do cenário como se estivessem ali desde sempre. Elas realmente já estavam ali, só não eram as mesmas pessoas, mas outras que, como elas, são todas únicas, vêm de cidadezinhas quaisquer diferentes, têm passados e sonhos diferentes, mas logo que saem da rodoviária começam a se tornar iguais, personagens destas fotografias que eu eternizo em meus papéis.

O pai desistiu de esperar alguém honesto para se informar, sentou-se ao lado da mala e da mulher que continua atônita; a neném acordou, virou-se de bruços e esmaga as formigas que chegam perto de seus dedinhos; o irmão não está mais: tomou coragem e foi brincar com aqueles meninos que nunca serão seus amigos.

RELAIDA CARABINO

Uma aparição de mulher
fez estarrecer seu coração,
suspenso na rédea do espanto.
Escutou íntimos desacordes
e foi sangue pra um lado,
veias pra outro.
Aprecia os tomates de vez.

São esses mendigos sentados no colo um do outro; manhã que deveria ser produtiva mas logo cedo eles estão namorando. Suas roupas rasgadas fedendo a mijo, merda e tempo, cores indefinidas — e você nem sabe o que eles vestem. Por isso não dá para saber se há algum toque de pele em pele, também não dá para ter certeza do que é pele, do que é pano, do que é casca, pó de asfalto, lama, escamas, tempo.

Nem algum banco eles procuram para namorar, é um canto da parede grande (a que recebe o sol inteiro desta segunda-feira em que centenas de pessoas vêm apressadas da estação central do metrô, da rodoviária e dos ônibus da periferia), a parede grande da igreja evangélica que já foi depósito de sucata e casa de show. É um canto com sombra, na esquina, sombra do arco do viaduto projetada na parede amarela brilhante.

Dentro da mancha de sombra, lá embaixo, cá embaixo, os mendigos são parte da sombra, também são sombra, das muitas sombras da cidade, tudo uma sombra só. As pessoas que não são os mendigos tentam caminhar um pouco pelas sombras para escapar do sol tão quente, mas elas não se tornam sombras como eles, os mendigos que estão se beijando, um no colo do outro; as pessoas são por poucos segundos apenas partes móveis da sombra e logo voltam para sua luz.

A sombra disforme que são os dois amantes também se move, lenta, e é possível ter certeza que são dois homens que se levantam, parecem alongar-se para o alto e inclinando-se para trás. Sim, conseguem absorver um pouco de calor.

Dão-se as mãos e vão para o lado claro da rua onde há um automóvel estacionado. As faces ocultas por camadas de sujeira não confirmam idades; não parecem velhos, é o que indica um resto de brilho dos olhos escuros. De mãos dadas caminham até os bancos de cimento sob o viaduto, onde há outro mendigo lixando as unhas das mãos. Usa gorro vermelho, galochas amarelas, óculos de sol grandes demais para sua cara encardida. Interrompe a cosmética para receber os que chegam sorrindo, muitos dentes brancos; levanta-se, suas roupas coloridas são um vestido ou dois, pano demais para o corpo miúdo; jaqueta de couro azul e um cachecol listrado. Os três mendigos se abraçam e parecem felizes na grande sombra que o sol mantém sob o viaduto, onde há também um posto policial e os ruídos tão característicos da cidade, mas abafados pelas sirenes vigilantes.

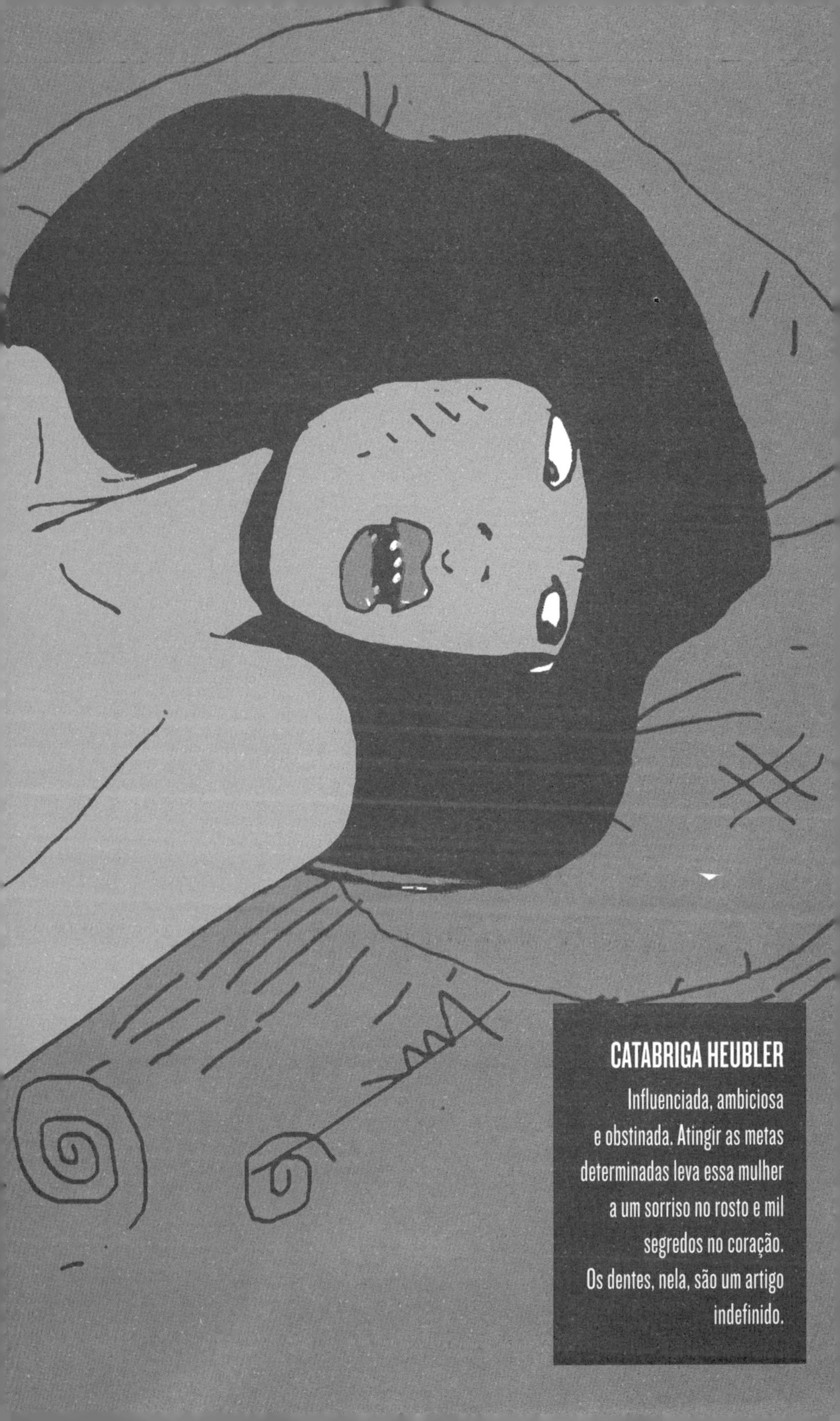

CATABRIGA HEUBLER

Influenciada, ambiciosa e obstinada. Atingir as metas determinadas leva essa mulher a um sorriso no rosto e mil segredos no coração. Os dentes, nela, são um artigo indefinido.

São essas velhas fumantes, fumando ainda depois de tantos anos. Fumando na rua mesmo, na frente de todo mundo, como se fosse uma coisa normal. Usam as suas roupas de velhas, carregam suas rugas de velhas, pintam de roxo ou deixam brancos os seus cabelos de velhas, tremem suas pernas trôpegas e suas manchadas mãos de velhas, mas seguram firmes seus cigarros de velhas.

Ou fumam em mesas de bares, nas calçadas e, neste caso, estão também bebendo, sozinhas ou acompanhadas por suas filhas ou amigas velhas que também fumam seus finos cigarros de velhas. Elas gostam de se sentar nos bancos públicos, praças onde crianças brincam ou levam suas babás a passear e podem ver as velhas fumantes fumando seus cigarros velhos, brancos, ou cigarrilhas marrons, cigarros de palha amarela, ou até charutos bem grossos.

Não sei se faz diferença para as velhas fumantes o fato de serem banguelas. Nem todas são, algumas usam dentaduras móveis, outras ainda usam seus dentes naturais, talvez porque tenham começado a fumar depois de velhas.

Algumas dessas velhas fumantes são mais radicais, ou intransigentes, ou desobedientes, ou apenas desprevenidas, e decidem que devem ou podem fumar em qualquer lugar, em locais fechados, desrespeitando a lei e o bom senso. Por isso vemos velhas fumantes na sala de espera do consultório, na fila do banco, nas repartições públicas, no supermercado, na farmácia, enfim, onde menos se espera ver uma velha fumando.

Essas velhas fumantes não se incomodam com o cheiro de fumaça em suas roupas, em seus travesseiros, em seus carros (quando são velhas fumantes habilitadas), em seu hálito – mesmo quando vão beijar seus velhos maridos que não fumam mais. Parece que elas perderam o olfato, porque sempre têm aquele cheiro de cinzeiro cheio. Algumas costumam levar consigo, em suas bolsas de velhas, um pequeno, com tampa, para não largar as guimbas na rua, mas como são velhas velhas, sua memória não é muito boa e se esquecem de jogar aquilo no lixo e assim o cinzeirinho vai ficando cheio e a cada dia mais nojento, na opinião de seus filhos, que se veem obrigados a vasculhar aquelas bolsas de suas velhas mães para esvaziá-lo.

Na verdade, essas velhas não estão nem aí para tudo isso, elas mal se tocam que estão fumando, que alguém possa notar ou tecer críticas sobre o fato de que fumam, porque, afinal, elas fumam porque gostam. E não porque são velhas.

HOLOFONTINA AROEIRO

Extroversão, inquietude e franqueza: de tão sincera, chega a melindrar as pessoas. Seu destino é um embriagado conduzido por um cego. Tropeça nas visualizações.

São esses habitantes da rua que se aproximam lentamente quando estamos lendo no banco do parque, domingo pela manhã, tomando sol. Eles param à sua frente, meio de lado, e você finge que não se importa, continua lendo – mentira, só olhando para o papel, um pouco preocupado se corre algum risco e logo se culpando por estar sendo preconceituoso: *"se fosse alguém de não-rua, eu acharia também que estou correndo algum risco?"*, quando ele, ainda lentamente, se abaixa.

(Você afinal tira os olhos do livro e olha para ele, que ainda está se abaixando, olhando fixo pro chão; vai ficar de cócoras. Bermuda? não, é uma calça velha rasgada e uma camisa de mangas compridas desabotoada, imundas; a pele do pescoço marcada por coisas, feridas; o cabelo parece de outro material, inorgânico; você sente nojo, você sente raiva por entender que está sendo preconceituoso ainda.)

Quando termina de se abaixar, fica rígido, numa posição instável, só a fumaça do cigarro que ele segura se move. E suas pálpebras, que se fecham no exato instante em que você tenta ver seus olhos. Este é o momento em que você tem a impressão, falsa, você sabe, que todo o movimento que seus olhos perceberiam se não estivessem fixados nesta estátua em que se transformou o homem, estancou. Uma fotografia. Uma cena de filme, congelada.

Existe apenas a fumaça do cigarro. Que só agora chega às suas narinas. Maconha.

Ele esperava que você tivesse essa informação para torcer o pulso direito em sua direção, levantar dois centímetros os dedos e murmurar: *"tá quase"*. *"Hein?"* você acha que perguntou, mas, não, apenas pensou, assustado.

Nesse meio tempo o parque ao seu redor voltou a funcionar: crianças tentando alcançar a barra da saia das mães, três bêbados cantando Fagner deitados na grama, um casal dividindo um espeto de carne e uma lata de cerveja, o policial municipal passando empinado em seu patinete elétrico, a carrocinha do vendedor de cachorro-quente e a voz do ser à sua frente murmurando, em italiano, é o que te parece, sobre um dia que ele passou em Veneza com uma mulher que, você suspeita, apesar de amá-lo àquela época, abandonou-o, dormindo, entornado de vinho, à porta da catedral de São Marco.

PLACENTA CECETA

Faz sexo, sim e sempre.
Dorme com mulher; com mais
alguém é a intimidade maior.
Não faz amor, acha íntimo um
homem com mulher e sua alma.
Nunca mais encontrou suas
interioridades.

São essas barbearias clássicas, que poderiam servir de cenário a crônicas antigas; que têm espelhos manchados e molduras de madeira trabalhada, navalhas e tiras de couro para afiá-las, talco, Água Velva e tesouras elegantes dispostas limpas sobre o mármore trincado. Quase nenhum cabelo pelo assoalho de tábua corrida.

Onde você encontra um velho de olhos azuis, calvo, terno inadequado, saudoso da ditadura, *a vida era tão melhor*, e por isso clamando pela volta dos militares para tomar conta do país.

Onde você encontra um sujeito gordo, camiseta de futebol, bermuda larga, segurando um jornal popular, falando com ênfase sobre o romance entre um ex-jogador de futebol e um ator de novelas, sério como se estivesse explicando o futuro da humanidade.

Onde você encontra aquela mãe tensa, apressada, ansiosa, olhando com medo para a rua através da porta de vidro, sentada só com a beiradinha da bunda no sofá, ao lado do filho que precisa cortar o cabelo ainda hoje, antes de voltar à escola.

Onde você encontra um adolescente com o skate no colo, olhos atentos às mãos do barbeiro, impressionado com sua habilidade em cortar o cabelo muito preto e muito fino de outro adolescente, asiático, talvez coreano, óculos de sol, fazendo questão de deixar claro que sua alma está a muitos quilômetros dali.

Onde você encontra um jovem silencioso, observando tudo com atenção, mas de forma dissimulada, como se estivesse distraído e nada da barbearia lhe dissesse respeito, cofiando a barba ruiva e se abanando com o livro que de vez em quando abre e pelo qual passa os olhos vagos.

Onde você pode encontrar um cachorro deitado no tapete de boas vindas, quase sempre dormindo, alheio ao que se passa na rua, amaciando os pelos na madeira lisa da porta, às vezes espichando o pescoço para também olhar através do vidro, leitor curioso desta crônica antiga.

VIVELINDA PINTO

Para que as luzes sejam percebidas, deve por bem apagar-se, no sentido de se tornar disponível. Deixa-se livre para sentir falta, se é que. Tem um número, na verdade, coração, e procura você.

São esses cães que a gente adota e põe dentro de casa sem saber quem são, quem são seus pais; muitas vezes não chegamos a conhecer seus irmãos; de onde vêm, o que faziam antes (quando não são já tão crianças), onde viviam, com quem andavam, o que comiam, se tinham manias, vícios, como está sua saúde; no caso dos menorzinhos, se herdaram alguma doença dos pais que desconhecemos, se seu pelo vai crescer muito ou vai cair; se eles vão crescer muito, se continuarão pequenos ou se tornarão cachorrões e, se se tornarem enormes, serão dóceis ou ao menos obedientes ao nosso comando e serão úteis na defesa da casa e de nossa integridade física; se grandalhões, um dia atacarão nossos vizinhos ou nossas visitas (uma criança com a cabeça dentro de sua bocarra sendo arrastada enquanto você grita desesperado e procura algo com que atacá-lo, os transeuntes revoltados tentando minimizar os danos, evitar a morte da criança – você seria o pai da criança ou o dono do cão?)?

Mas, pequenos ou grandes, conseguirão saber onde fazer o cocô e o xixi para diminuir a sujeira e evitar seu estresse? Ou vai chegar o dia em que você perderá totalmente a paciência ao ponto de pensar em abandoná-lo numa estrada distante sabendo que nunca teria coragem para fazer isso e por isso se arrepende de ter permitido que um pensamento tão cruel tenha ao menos passado por sua cabeça?

(Mas, junto a este rascunho de pensamento, surgirá um filme em que um cão abandonado por seus donos numa estrada distante sofre à noite sob a tempestade, é atacado por felinos ferozes, passa fome, frio e sede até ser resgatado por um andarilho que, apesar de cuidar dele, costuma surrá-lo com seu cajado, até que um dia ambos chegam à sua cidade, ao seu bairro e acabam por bater à sua porta mendigando restos de comida.)

Porque você ama os cães acima de tudo e este, que você batizou com o apelido de infância do seu pai, é um lindo que você quer cuidar para sempre, até o fim da vida (e você visualiza sua lápide, de mármore preto como o pelo do cão que está ali deitado, o olhar perdido entre outras lápides e cruzes, ali, para sempre, esperando você retornar).

E há os cães de rua, que terão histórias menos afáveis, porém muito mais excitantes.

MADEINUSA GODSON

Afinal, há que ter paciência,
dar tempo ao tempo.
Já devia ter aprendido,
de uma vez para sempre,
que tem de fazer rodeios para
chegar a qualquer parte.

São esses pesquisadores de documentos pensando que encontrarão no lixo sua identidade, mas só encontram outras coisas, muitas delas nojentas, nem vale a pena mencionar; dá vontade de vomitar só de pensar nelas, moles, grudentas, indefiníveis, de cores que são uma mistura das mais feias que existem, e com cheiros, cheiros não, fedores, dá vontade de nem sei, dizer aos pesquisadores que procuram sua identidade no lixo que procurem em outro lugar, talvez nas caixas de correios dos edifícios, ou nas caixas de papelão dos supermercados, ou nos caixas eletrônicos dos bancos, ou nas caixas d'água da cidade, ou no caixa-prego.

Esses que precisam da sua identidade ou dos documentos para comprovar residência, salário, renda familiar, quitação da casa própria, da luz, da água, do telefone, da tevê, do celular, do estágio probatório, do serviço militar, da origem familiar; precisam do atestado de óbito, da certidão de casamento, de nascimento; qualquer coisa além da sua palavra para que acreditem que vieram dali e não de lá, que vão mesmo ali e não acolá, que sabem fazer as quatro operações, onde as paralelas se encontram, a real utilidade da equação de 2º grau, as cartilhas do 1º grau; aquela biografia toda que eles pensam que lhes pertence.

Por isso esses pesquisadores não param de vasculhar emails, navegar em sites, conhecer novos blogs, crentes de que no universo virtual poderão obter as provas materiais de que não são apenas bits, bytes, elementos solitários de um código binário que não informa nada; por isso chafurdam em livros, jornais, mapas, cartilhas, almanaques, revistas, papiros, dicionários, enciclopédias, revirando parágrafos, frases, versos, letras e todos os sinais gráficos possíveis, crentes de que na materialidade do código impresso da linguagem serão iluminados com a certeza de que possuem um espírito, uma alma, uma essência, uma energia, uma aura, uma auréola.

E com certeza esses pesquisadores e essas pesquisadoras se algum dia conseguirem achar os documentos que reafirmam sua identidade, por algum motivo não muito desconhecido, em algum momento de distração ou de extremada concentração, sentirão a inevitável necessidade de revirar tudo novamente para confirmar que realmente não são mesmo ninguém.

FURIBUTENA DE BARRIGA

Sabe a dor o suficiente para
se arriscar e é humilde o
bastante para aprender.
As brisas lhe são altitudes.
Cresceu sob influência dos
espectros zodiacais.
Desmesura.

São esses jornalistas apenas sombra de um passado, vagando bêbados pela cidade, querendo provar a todo custo que são cultos. Citam notícias caducas a que tiveram acesso apenas agora e tentam discutir com você apresentando argumentos vencidos, replicando a si mesmos, irritando-se com suas próprias palavras fragmentadas, decoradas de jornais achados na rua ou das tevês ligadas às portas das lojas.

Macambúzios quase o tempo todo, seus olhos vagam ansiosos tentando resgatar algum raciocínio que faça sentido, uma lembrança de qualquer episódio real que tenham presenciado, mas seus corpos se retraem, apertam os papéis nas mãos calejadas, parecem prestes a desistir. Este é o momento em que você sente pena por eles terem cedido ao sistema abrindo mão de uma carreira menos confortável, porém, mais digna.

Mas subitamente gargalham, um lampejo de inteligência brilha em seus olhos e você tem a esperança de que eles conseguiram sair daquele poço escuro. Mas não: compõe sua loucura entender, por um instante, a realidade como você a entende e é só: logo voltam à sua lenga lenga alternando o volume da voz e a qualidade do discurso, que vai do canalha ofendido ao esquizofrênico total, entre palavrões e citações como *the book is on the table, mangia che ti fa bene, otras cositas más, je t'aime moi non plus* e o tempo todo seus rostos se contorcem em caretas, como um estudante esforçado ensaiando a peça natalina do colégio. Eles conseguem cativar porque tocam em alguma cinza cristã em você, a credulidade no impossível, a compaixão pelos dementes e o desprezo pela mentira enquanto a náusea provocada por seu hálito só aumenta.

SERIAELA TOBINIANA

Sua solidão lhe servia de companhia. Tinha a coragem de se enfrentar. Sabia ficar com o nada e mesmo assim se sentir como se estivesse com tudo. Odiava as manhãs sem margaridas.

São esses executivos com quem temos que nos encontrar às vezes, usando ternos não muito caros, de gravata e sapatos limpos, quase sempre sorridentes, certos de que estão no caminho certo e de que vão nos vender algum produto ou serviço de boa qualidade, afinal eles se prepararam para isso desde o difícil começo como trombadinha nas ruas do Centro da cidade.

São aqueles meninos, às vezes rapazes, quase nunca garotas, que assaltam as pessoas que parecem ter algo valioso consigo, como bolsa, carteira de dinheiro, dinheiro, colares, joias, camafeu, aliança qualquer coisa que, revendida mais tarde, possa render algum trocado ou ser trocada por outro bem, como bebidas, drogas, facas, sexo, ou, não sei, não sei o que mais eles escondem em suas pastas de couro, plástico imitando couro, pastas que eles abrem com presteza diante de nossos olhos e de onde tiram papéis coloridos que vão espalhando por nossa mesa de café, sem nenhum pudor afastando a toalha, as xícaras, a cestinha com farelos de pão, a manteigueira com margarina, talheres e a garrafa térmica quase cai; folhetos com fotografias, gráficos, croquis, desenhos, sorrisos, cores e números que a partir de agora passarão a fazer parte de nossas vidas, pois eles nos provam por A + B que tudo isso é material de primeira qualidade, eles garantem sempre, eles têm certeza absoluta sobre tudo, eles mesmos pegaram isso dos bolsos de um terno caríssimo de um senhor elegante de cabelos grisalhos, que acabava de sair de um carro importado na zona sul, e os seguranças, sim, para você ver a procedência dos produtos que estamos oferecendo, havia seguranças que se puseram em nosso encalço, mas fomos mais eficazes ao empreender nossa fuga, digo, ao nos empenharmos na busca de nossos objetivos, alcançando a meta estabelecida para o período, tendo superado nossos adversários, digo, nossos concorrentes, o que nos levou a receber a medalha de funcionário do mês, então veja o senhor, é uma oportunidade única, posso garantir, como gerente do setor de relacionamento com o público especial, como é o seu caso, digo, é agora ou nunca, pegar ou largar, vá tirando o talão de cheques, digo, passa a grana, meu chapa, serão apenas 38 prestações, anda logo senão eu atiro.

ADALGAMIR SARANGO

Acha felicidade em horas de desuso. No amor, é discreto, fechado e egoísta. Precisa aprender a ter humor. Para ele, a cidade não é um lugar, é a moldura de uma vida.

São esses desempregados fazendo filas imensas nas manhãs de segunda-feira à porta das lojas, das fábricas, das agências de emprego, enchendo nosso dia de tristeza e esperança, afinal, eles gastaram horas do seu domingo lendo os pequenos anúncios de empregos nos jornais comprados com as últimas moedas do cofrinho da criança que ainda sonha com presentes no Natal. Aquelas dezenas, centenas de quadradinhos com palavras curtas, números e abreviaturas em código enchendo de ilusão seu coração ocioso onde já não cabe o amor pela esposa, aquela mulher com quem você convive há quinze anos, mãe de seu filho, a que faz o almoço, o café e a janta pra você, a que à noite te propõe fazer sexo em silêncio, a que mantém a casa limpa, a que mantém a vida social com os vizinhos e não deixa que eles pensem que você tem algum problema muito sério, a que mantém vínculo com sua família evitando que eles pensem muito mal de você, e faz pequenos trabalhos de costura para pôr algum dinheiro em casa, e cativa esperanças eróticas nos comerciantes do bairro para manter ao menos o crédito necessário ao trivial do lar.

Eles ficam com aquelas caras de paisagem nas filas, com o indefectível jornal debaixo do braço como prova de que, sim, havia ontem um anúncio de emprego, enquanto trocam de pé, em pé, porque não podem se sentar e sujar a roupa, que deve causar melhor impressão para disputar a tão disputada vaga.

Esses desempregados sonham ganhar um salário ao menos mínimo no fim do mês como criança sonha com presentes no Natal. Eles sabem que aquele valor está longe de ser o mínimo para pagar as despesas da mercearia e cobrir as dívidas acumuladas durante os longos meses de desemprego, e ainda mais longe de pagar um passeio de férias, um presente para a sogra e uma bicicleta decente pro moleque, e a milhas de corresponder ao seu talento, à sua capacidade produtiva, enfim, ao que ele merece. Mas ele não tem saída, alternativa, opção nem mais o que fazer além de se plantar toda segunda-feira numa fila após passar o domingo selecionando anúncios nos classificados e rezar para finalmente ser o escolhido entre os milhares de desempregados que formam filas deprimentes nas manhãs de nossas segundas-feiras laboriosas.

LINDULFO CARAPUNFADA

Os Carapunfada são pais extremados e dedicados, dispostos a fazer tudo pelo bem-estar de seus filhos. Não existem pais tão chatos que lhes deem sono mais protetor.

São esses teleguiados que não desgrudam dos Televisores, que mantêm suas mentes conectadas 24 horas por dia nos Televisores e conseguem reproduzir em detalhes de cores, sons, ruídos, canções, palavras, texturas, elencos, equipes técnicas, produtores, atores e atrizes, coadjuvantes, dubladores, diretores, tudo que é visto nos Televisores, incluindo as Reprises e os anúncios da Programação Futura.

A Publicidade para eles é tão importante quanto a Programação Normal porque – eles têm plena consciência disso – é ela que permite à Emissora obter os recursos financeiros necessários à criação, produção e manutenção da Programação Normal a ser exibida no Televisor cotidianamente. A Programação da Emissora é espalhada pelo dia de forma racional e inteligente de um jeito que nada me falte, eu não passarei um segundo da minha vida sem alguma atividade no Televisor, a não ser que falte luz – Deus me livre: eu tenho a Programação Infantil para distrair filhos, sobrinhos e netos, e não é só desenho animado importado de excelente qualidade, mas também a Programação Nacional muito boazinha e educativa; eu tenho os filmes, ótima distração para uma pessoa preocupada com as dificuldades da vida quando precisa descansar um pouco a mente (os filmes nacionais relaxam menos porque têm palavrões, policiais e sexo muito realista); eu tenho as minisséries e os seriados nacionais e importados, todos muito bons, atores e atrizes excelentes, uma dramaturgia mais interessante que qualquer peça de teatro que tem por aí (pelo que pude depreender por um Programa sobre teatro na Programação Especial da Emissora); eu tenho as Reprises, graças a Deus!, como é bom matar saudade dos bons Programas do passado, seja minissérie, seriado, filme ou novela: você já sabe o que vai acontecer, esse poder ajuda até a melhorar a memória; eu tenho o Jornalismo, informação de qualidade em vários jornais, grandes, pequenos ou até mesmo em *flashes a qualquer momento em edição extraordinária*; eu tenho os Programas de Auditório que são pura diversão, a gente participa ao vivo com várias atrações especiais (ai que vontade de participar algum dia); eu tenho a Novela, graças, GRAÇAS, GRAÇAS A DEUS!, o que seria da humanidade sem essa bênção que a Emissora nos dá todos os dias? Como cidadãos honestos, trabalhadores e cientes dos seus deveres poderiam sobreviver às agruras, dificuldades, atribulações e intempéries do cotidiano sem esse lenitivo, esse bálsamo, esse excepcional analgésico que as Redes de Tevê do mundo inteiro despejam em toneladas industriais dentro dos lares, até mesmo os mais remotos onde a energia elétrica chega com força bastante apenas para acionar o Televisor, que despeja essa gosma repetida *ad nauseam*, escorrendo como vômito e inundando o chão da cozinha, da copa e da sala, subindo pelas pernas dos teleguiados, cobrindo o sofá, chegando às suas narinas, misturando-se ao cérebro onde já foram criadas novas sinapses?

DRÁGICA OBIRAPITANGA

Nunca disse que esqueceu
um amor sem falar nele
e chorar. Também foi solidão,
paz e inconstância.
Abraços, sorrisos,
bom humor e sarcasmo
só com música alta.

São esses assemelhados que nos confundem não por serem tão parecidos com o original, mas o bastante para nos assustar, interferir no espaço onde transitamos, despreocupados, acostumados com os mesmos caminhos, quando, de repente, olha, mas não é Fulano? Sendo que Fulano era o protagonista de histórias maravilhosas de um livro da adolescência, mas que não tinha gravuras, e o autor nem dava muitos detalhes da aparência física do personagem, mas então agora Fulano está guiando o táxi, bem aqui à nossa frente, atento ao GPS, atendendo ao celular, trocando a estação de rádio e justificando seu voto no prefeito corrupto. Com certeza é ele, o antigo herói, esta pequena cicatriz abaixo da orelha, fruto de uma luta de facas no porto de Nápoles numa madrugada de neblina e vingança; ele finalmente voltou para nos levar a novas aventuras que vão nos tirar da rotina em que vivemos.

Ou: a moça do caixa que nos atende na padaria do bairro um dia ficou doente e sua substituta lembra aquela antiga namorada que se parecia muito com a mulher que nos deixou tempos depois, há menos de cinco anos, seis meses e doze dias porque decidiu viver ela mesma um grande amor do seu passado ao reencontrar o primeiro namorado sabendo que ele era, mais do que nossa primeira namorada era para nós, o verdadeiro grande amor da sua vida. Agora nós olhamos bem, mas com discrição, o rosto da atendente substituta do caixa da padaria do bairro nesta manhã de domingo e não conseguimos lembrar com quem ela se parece, mas, ao chegar em casa e cortar o pão, de repente tudo se esclarece e uma lágrima é recolhida ao seu devido lugar antes que seja tarde.

Ou: aquele político de direita que virou ministro e agora aparece no noticiário usando anacrônicos óculos de grau, grandes, feios, e que por isso ficou muito parecido com um antigo vizinho que criava passarinhos, por quem tínhamos verdadeira afeição. Ele odiava esse canalha, não perdia a oportunidade de amaldiçoá-lo em público. Porém, simpatizamos com o atual governo de esquerda e odiamos o político ainda mais porque ele está mesmo muito parecido com aquele vizinho querido.

São esses assemelhados que transitam ao nosso lado e nem sempre conseguimos perceber a tempo quais vidas eles estão nos trazendo do passado. Perdemos a chance de reviver, através deles, algo que foi importante para nós. Nós não percebemos. Estamos preocupados demais com o futuro e continuamos a perder.

LYNILDES GAMBAR

No amor, acredita em sentimento eterno e, quando se une a alguém, luta para toda a vida. Não suporta traições e este é um dos únicos motivos que a faz pensar em descrer.

São esses desocupados ocupando todos os espaços do Parque todos os dias, mas principalmente nas manhãs de domingo quando você gostaria de descansar, andar despreocupado pelas alamedas, em torno do lago e, quem sabe, sentar, saquinho de pipoca no colo, deixando o tempo passar.

Nunca, nunca há um banco livre. Sempre, sempre há alguém ocupando o espaço em que você deseja repousar seus ossos cansados dos passeios que faz. Então é obrigado a dividir o banco com uma criança no colo de sua babá; ou é um morador de rua que cochila embebido em cachaça vagabunda; ou é um vagabundo escarrapachado com as pernas abertas coçando o saco e o outro braço, imundo, apoiado no encosto do banco, observando seus cupinchas que armam arapucas para as pessoas de posses; ou são amantes sentados lado a lado, mãos dadas, felicidade típica de quem não deve nada a ninguém; ou são jovens barulhentos usando roupas infantis e fazendo coisas juvenis como beber vinho pelo gargalo de uma garrafa que passa de mão em mão, tentando compor canções psicodélicas enquanto esperam mais jovens chegar; ou são casais que se beijam com despudor muito bem agarradinhos ou sentados um(a) no colo do(a) outro(a); ou são pregadores religiosos de pé no banco gritando e agitando bíblias surradas para pequenos grupos de fiéis; ou são trabalhadores desempregados procurando obcecados um pequeno anúncio no jornal que represente a possibilidade de uma fila de emprego na manhã seguinte; ou são homens e mulheres usando roupas que eles consideram sensuais e atraentes para conquistar outras mulheres e outros homens para fazer sexo em seus apartamentos alugados, no Centro, ou em barracões alugados na periferia, e por isso você acaba se sentando na grama mesmo, perto de umas flores que não têm perfume, mas te provocam sono e pesadelos em plena luz do dia.

PESSOÍNA FEDIR
Lá fora, a vida desfila, impávida e, para ela, o mundo prossegue mesmo quando desaparece. Amor? Só um período importante para confidências e para desvendar antigos assuntos.

São esses carroceiros atrapalhando o trânsito dos automóveis particulares e dos ônibus que transportam dezenas de pessoas a caminho de casa e do trabalho.

Suas carroças são velhas e sujas e feias e comportam apenas pequenas quantidades de objetos (cômodas e fogões, por exemplo) ou entulho de demolição que jogam num lote vago de periferia chamado bota-fora, autorizados pela prefeitura que, mais tarde, algum dia, dará outro destino àquilo, talvez aterrando outro lote vago onde um dia passará, quem sabe, uma entulhada nova avenida.

E seus cavalos ou burros também são velhos, aposentados de uma vida de trabalhos bem remunerados com as devidas horas de descanso e alimentação saudável, bons tratos e banhos regulares, carteira assinada, nada comparável à vida que levam agora, quando só comem o capim que o asfalto amassou, quando há; doentes, não têm a antiga vitalidade e só puxam o peso à custa de chicotadas que deixam seus nervos em frangalhos; cansados e com problemas de pele, passam as horas sonhando com a morte, pois acreditam que só assim ficarão livres desse suplício.

Então são esses carroceiros, afinal, os homens responsáveis por tudo isso. Eles recebem aposentadoria por anos de serviços regulares prestados ao estado ou a alguma empresa privada, época em que não podiam escolher o horário de trabalho, mas quando cumpriam um período diário limitado, tinham o fim de semana para ficar com a família e não precisavam levar desaforo pra casa, protegidos pelas leis trabalhistas.

Hoje, não, nada disso.

Agora que estão velhos, cansados e doentes, quase sem energia para fazer tudo o que precisam para levar dinheiro pra casa (e nunca é o bastante), aceitam todo tipo de trabalho que aparece, a qualquer hora do dia, qualquer dia da semana, e se deslocar seja para onde for, carregar a carroça com coisas pesadas demais para suas últimas forças (e nunca é o bastante), ser constrangidos, a lambadas, a baixar ainda mais o valor do seu trabalho pra não perder o serviço e se deslocar até o bota-fora, xingando o cavalo velho, para que ele ande ao menos um pouco menos devagar, para não ter que escutar as buzinas e as ofensas dos motoristas (e nunca é o bastante) que não têm carroças para transportar seu entulho ou seus objetos inúteis e precisam chegar em casa ou ao trabalho com hora marcada.

GOSMOGUETE MIJARDINA

Exerce o autocontrole e a disciplina e contribui de forma muito positiva só ao seu meio profissional. O resto do mundo aguenta essas coisas que a devoram de uma forma tão absurda.

São esses ratos de esgoto se exibindo nos momentos mais inadequados, nos locais mais estapafúrdios, nos horários mais impróprios para nossos olhos assustados, nossas boquiabertas, nossas mulheres enojadas, nossos instintos amedrontados, nossa masculinidade desafiada, nossas reações descontroladas.

Eles podem escolher passar correndo à nossa frente dando uma paradinha para decidir por onde continuar, momento em que nossos olhares se cruzam e, maiores como somos, chegamos a pensar por um milionésimo de segundo que ele está com medo de nós, mas fomos criados para ter nojo e medo deles e por isso são acionados hormônios e sistemas em nosso organismo para fugir ou tentar destruí-lo.

Ou eles podem se mostrar de outro modo, não passando à nossa frente, mas visitando, por exemplo, a despensa da nossa casa, onde encontrarão gêneros de sua primeira necessidade, como farinha, fubá, pães e queijos e nós poderemos surpreendê-los em meio à ceia, assustando-os, ou não, porque eles se concentram bastante quando comem, suas refeições são momentos de grande relevância, por isso nós talvez precisemos gritar ou bater uma panela, tendo tido, antes, o privilégio de contemplar a cena rara que é uma família de ratos enchendo as pancinhas.

Ratos de esgoto também podem ser encontrados nos armários de roupas, de toalhas, de lençóis; nas sapateiras, nos banheiros, entre os livros da biblioteca ou entre os documentos do escritório; sob sofás, poltronas e tapetes, enfim, são praticamente ratos de casa, sendo que os conhecemos como ratos de esgoto mais pela lenda:

no primeiro dia de aula, em qualquer cidade de qualquer país do mundo, em qualquer escola para crianças bem novinhas, um rato surge misturado a elas metamorfoseado em uma pessoa muito boa e interessante. Usando toda sua lábia, convence a mãe da criança mais inteligente a passear no parque, onde lhes oferece sorvetes com sonífero. Ambas, mãe e criança, são levadas ao Esgoto, onde é feito um clone da criança a partir dos genes do rato mais inteligente daquela ninhada. Mãe e seu novo filho são devolvidos ao lar e não conseguem se lembrar dessa aventura, até que, anos depois, aquela criança se torna um grande benfeitor da humanidade.

BENDE SANDE JARRA

Boa companhia, mas pode ser de solidão. Tranquilidade e inconstância, pedra e coração. Ele simplesmente é avesso à rotina, inclusive quanto ao sexo.

São esses garçons que não servem pra nada a não ser tomar conta da vida dos outros.

Escolhem posições estratégicas de modo a não perder um movimento sequer dos outros. Podem ficar atrás do balcão fingindo que lavam copos ou ajeitam garrafas na prateleira, mas estão é de olho no que os outros fazem. Podem se fazer de estátua atrás de uma coluna de mármore no fundo do salão, mas sabem exatamente o motivo da briga dos outros na mesa 23. Podem trançar entre as mesas como se estivessem muito preocupados em atender aos outros, mas estão anotando o que os outros vestem ou quantas joias usam. Podem parar junto à mesa dos outros, muito atentos ao movimento da rua, enquanto anotam mentalmente tudo o que os outros conversam com sua família sobre aquele assunto. Podem se sentar a uma das mesas reservadas aos outros aparentando cansaço, mas estão apenas buscando novo ângulo para sua vigília da vida dos outros.

Às vezes, como quem não quer nada, puxam conversa com os outros, falam de futebol, chuva, novela, mas só querem ter certeza da opção política dos outros e se os outros têm sobre a vida uma filosofia que lhes agrade. Neste ponto eles podem se tornar perigosos, tornam-se amigos dos outros, fingem fazer confidências, mas só estão pavimentando pista de mão única, fazendo com que os outros criem dependência afetiva para que os outros não consigam mais frequentar outro estabelecimento sem sentir que estão traindo a confiança ou a amizade desses garçons.

Esses garçons que passam a se imiscuir nas rodas de conversa dos outros como se fizessem parte do seu círculo de amizade; que começam a servir de argumento para os outros justificarem o fato de que estão chegando em casa de madrugada; que passam a ouvir segredos íntimos e a sutilmente utilizar esse poder de confidente como forma de chantagem subliminar para conseguir favores, ou ao menos algum prestígio junto aos colegas e ao patrão; que se tornam tão importantes, que os outros já passam a se referir ao estabelecimento usando seus nomes ou apelidos; que são de verdade pessoas sinceras, generosas, confiáveis, simpáticas e merecem ter a foto emoldurada e pendurada na parede atrás da caixa registradora.

ORQUÉRIO POLIA

Quase que nada não sabe,
mas desconfia de muita coisa.
Por exemplo, que o segredo
é demorar o sofrimento,
cozinhá-lo em lentíssimo fogo,
até que ele se espalhe no
infinito do tempo.

São esses andarilhos com suas sacolas e sacos e carrinhos de supermercado cheios de mistérios pesados e volumosos redesenhando o mapa da cidade. Ninguém sabe ao certo o que eles trazem nas velhas mochilas de lona verde encardidas, mas intuímos que entre muitas aparentes inutilidades deva constar algo que possa ter serventia: uma panela para esquentar os restos recebidos à porta das casas onde sobre comida de uma das duas refeições diárias e a água para misturar com o pó de café recebido da moça que trabalha no caixa da padaria; um cobertor ainda capaz de servir como travesseiro quando for possível tirar um cochilo na grama do parque ou como agasalho na noite fria (quando talvez eles sonhem com uma cama quente em uma casa junto de outras pessoas que talvez fossem seus familiares, ou fosse não um lar, mas um abrigo onde eles por umas noites puderam se proteger da chuva); um livro bem grosso com ilustrações tão misteriosas quanto o texto e, por isso mesmo, sempre interessante, fonte constante de distração onde eles podem descansar os olhos e a mente por várias horas, esquecer o desespero de tanta coisa vista e nem sempre compreendida nos caminhos da cidade.

Há, também, acredita-se, entre seus pertences, objetos de curta permanência (ou alta rotatividade), uns que são adquiridos no bairro, por exemplo, da zona sul, utilizados por um tempo de caminhadas pela região sudeste e depois deixados (perdidos, trocados, negociados) na zona norte; objetos que, então, nas mãos de outro andarilho percorrerão ruas e canteiros da região nordeste para se aposentar, afinal, na região central.

A cidade vista a partir dos passos de um andarilho não tem a mesma configuração amigável daquela percebida por quem trafega de ônibus, muito menos por aqueles que não a tocam com os pés, nunca mais próximos do asfalto que a distância imposta pelas rodas do automóvel. Os andarilhos obtêm a cidade ao nível do chão, das distâncias cumpridas diariamente, quase nunca obedecendo a um itinerário pré-estabelecido que leve a algum ponto-objetivo onde uma missão seria finalizada. Cada centímetro de piso deixado – provisoriamente – para trás é um passo rumo ao próximo passo. Eles não têm um olhar sobre a cidade.

TRIBUTINO SEM MÁCULA

Se pensa independente
e preocupado com sua própria
ambição e objetivos.
O mundo já não era um lugar
seu de viver. Agora, já nem
de morrer é mais.
Desacontece no verão.

São esses maconheiros estacionados à porta da biblioteca a tarde toda sem deixar ver o que estão fazendo ou indicar o que querem além de dar a impressão de que a vida pode ser apenas isso: um deixar-se inerte enquanto os veículos passam pela rua adiante, enquanto outros seres humanos passam sobre suas pernas esticadas na calçada porque têm de se deslocar entre dois pontos com tanta pressa que não param para contemplar os usuários de drogas.

Não se importar muito com isso ou com quase nada além de abandonar-se inertes à porta da igreja sem esperar o fim da missa, sem esperar a saída dos fiéis, sem esperar esmolas nem compaixão, sem esperar milagre, esperando no máximo que nada e ninguém os incomode, que lhes seja permitido continuar ali por mais tempo em paz.

De se posicionarem inertes no passeio em frente à escola de onde podem observar as estudantes entrando e saindo com suas saias curtas, ou seus shorts curtos, quase nunca sozinhas, com seus namorados, e os estudantes saindo e entrando com suas camisas de uniforme da escola ou sem camisa, quase sempre acompanhados, com suas namoradas, ou as criancinhas, que vestem sempre o uniforme exigido e carregam a mochila, a merendeira e um sorriso assustado com o mundo esquisitão da escola.

Usuários de droga já não estão mais do outro lado da rua, porque estão inertes deitados no jardim de grama verde bem macia enfeitado por canteiros de flores bem bonitas, bem cheirosas, bem coloridas, da federação das indústrias em cujo prédio são tomadas decisões importantíssimas para a economia do país, por homens importantes, que saem ao fim do expediente muito apressados sem serem notados pelos usuários de drogas, que estão observando formigas enquanto pensam onde mais poderiam estar inertes enquanto a cidade avança sobre eles, enquanto o país avança sobre coisas que não lhes dizem respeito absolutamente.

FRANCISOREIA DORIDA

Não suporta fracassar ou equivocar-se, porém não aceita os conselhos dos demais. Portanto, não admite a tirania, donde conclui que as coisas estão todas amarradas em Deus.

São esses pregadores da Verdade lá deles com seus Livros debaixo do braço batendo em minha porta nas manhãs de domingo, querendo me convencer de que eu não sei algumas coisas fundamentais Para a salvação da minha Alma Para chegar ao Paraíso Para escapar do Inferno Para conseguir um emprego melhor Para ganhar dinheiro Para ser mais feliz Para reaver o antigo amor Para encontrar aquelas chaves perdidas Para desfazer mau-olhado e olho gordo Para a saúde da minha família Para destrancar caminhos Para obter a Felicidade Eterna Para me aproximar de Deus Para evitar insônia Para diminuir a coceira da virilha Para dirimir dúvidas passageiras Para regular o estoque da despensa Para minimizar os efeitos da bebedeira, mas eles só me oferecem folhetos Mal diagramados Mal impressos Mal ilustrados Mal escritos e Mal revisados e me pedem Dinheiro Alimentos Brinquedos Material escolar Livros infantis Roupas Agasalhos Colchões Minha alma Água mineral Um copo de água gelada Um minuto de atenção.

A verdade é que os pregadores da Verdade não parecem ter muita convicção do que vêm pregar à minha porta. Seus Livros parecem artificialmente ensebados para dar a impressão de que foram lidos muitas vezes, todos os dias, para me dar a impressão de que são comuns e não objetos místicos que guardam A Palavra de seus deuses lá deles. Quando falam, parecem estudantes lendo na formatura o discurso que seus pais redigiram e eles não deram conta de decorar; por mais sinceras que sejam suas intenções, soam falsas as suas palavras – formandos e pregadores.

Soam falsas porque não são suas – essas palavras que esses pregadores ficam pregando na minha porta, deixando-a como um mural de recados da antiga escola, papeizinhos tortos quase caindo, alguns anunciando eventos Ou procura-se Ou vende-se Ou compra-se Ou aluga-se Ou perdeu-se Ou achou-se Ou coração solitário Ou fofoca Ou notícia Ou convocação Ou convite.

São quase sempre palavras fundamentais da humanidade, que de tempos em tempos são recicladas por redatores mais espertos, e esses pregadores parecem papagaios repetindo as mesmas palavras e verdades ou mentiras que poderiam até me fazer bem, até me fazem bem, mas em suas bocas adquirem sabor de enxofre e é por isso que esses pregadores não conseguem de mim nada além de um solene e desrespeitoso desprezo.

MARICÓRNIA PERPÉTUA

Também é boa líder tanto na empresa como na política. Costumava ter uma libido alta e amar com grande paixão, porque sem ela não poderia sentir a si mesma.

São esses casais, de velhas, enfermeiras entrando e saindo de bares e boates especializados em atender pessoas com demandas e sensibilidades específicas, como esses casais, de velhos, farmacêuticos viajando de avião para outros países onde pegam trens de luxo para comparecer a festas organizadas para pessoas com caprichos seletivos, como esses casais, especiais, de crianças frequentando escolas cujo programa pedagógico foi preparado por profissionais competentes para educar aqueles que têm carências demasiadas, como esses casais, sem raça definida, de cães, passeando pela cidade sem se preocupar com a carrocinha ou os canis onde já foram matéria-prima para a fabricação de sabão, como esses casais, coloridos, de detergentes expostos nas gôndolas das pequenas mercearias de bairro ou nos grandes hipermercados multinacionais, cada um com sua cor bem sedutora, como todos os outros produtos, como esses casais, de flores, ordenadas simetricamente nos canteiros dos jardins públicos, com medo da polícia, como esses casais, violentos, de policiais batendo nas pessoas que lhes são indicadas para bater sem saber se elas poderiam ser seus filhos, um dia, ou seus vizinhos, quem sabe, ou seus pais, como esses casais, dementes, de velhos se esquecendo de tudo o que viveram e não foi registrado por ninguém, sua história será também esquecida, como esses casais, excessivos, literatos inundando as prateleiras das livrarias e das bibliotecas, pegando poeira e uma imensa aversão pelo tempo, como esses casais, fantasmagóricos, de bits e bytes alterando a noção que se tem da realidade ao provocar mudanças tão velozes em seu próprio maquinário, deixando no rastro de sua passagem o vazio de entendimento e informação, como esses casais, gigantescos, de prédios ocultando a luz do sol e o luar e o mapa das estrelas só para satisfazer sua vaidade de abrigar milhares de pessoas e coisas que nunca chegarão a ser casais ou a lugar algum.

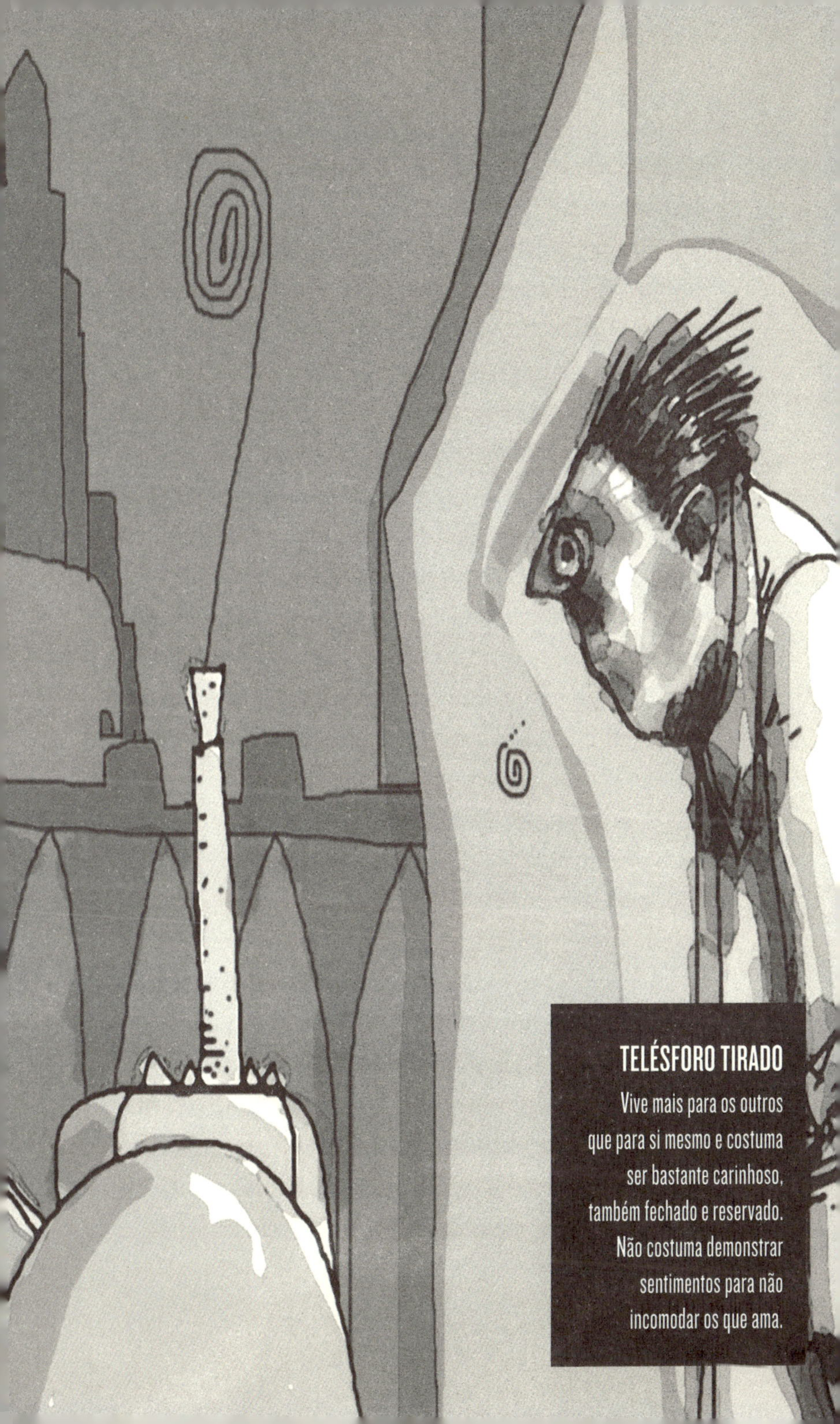

TELÉSFORO TIRADO

Vive mais para os outros que para si mesmo e costuma ser bastante carinhoso, também fechado e reservado. Não costuma demonstrar sentimentos para não incomodar os que ama.

São esses favelados fazendo coisas estranhas sob os viadutos, como dormir sobre colchões finos e velhos entre cobertores esgarçados e velhos, as cabeças mal apoiadas em travesseiros magros e velhos, antes de acordar para ferver água em latas sujas com fogo feito entre tijolos com pedaços de madeira de caixotes para misturar ao açúcar e ao pouco pó de café, o que resultará numa água rala sem sabor definido e servirá para empurrar o pão seco e duro goela abaixo.

Despertos e prontos para mais um dia, esses favelados não podem voltar para suas casas, na favela, pois há sérios e graves problemas esperando por eles lá, por isso eles olham preocupados para a via expressa onde centenas de veículos já correm de um lado para outro, e vice-versa, também começando seu dia, também evitando sérios e graves problemas ou buscando novos graves e sérios problemas.

A rotina não faz parte de suas vidas.

Mesmo não voltando para a favela, esses favelados não têm um dia fácil, quase nunca. Quando querem sobreviver – e o querem quase todos os dias, por instinto – precisam proteger sua cria dos perigos intrínsecos à selva ou de seus predadores naturais; precisam farejar onde está o alimento, buscá-lo e, muitas vezes, lutar por ele; devem também defender sua morada mesmo que provisória, porque sempre é ambicionada por outros favelados que querem tomá-la; e quando isso acontece, se veem obrigados a reunir seu clã e construir uma nova morada – ou se apropriar de alguma outra com menos proteção; e quando conseguem se abrigar das intempéries colocando-se e à sua prole em segurança, sentem a inevitável necessidade de se divertir com seus semelhantes: reúnem-se em grandes espaços cercados para gritar, rir, xingar e ofender uns aos outros, o que é muito bom para liberar suas energias bélicas tornando-os mais dóceis e propensos à obediência e ao acasalamento, o que os deixa mais felizes e acomodados, além de gerar novos faveladozinhos, que os manterão ocupados por alguns anos (em que não terão tempo para questionar-se sobre a vida que levam) até que os rebentos cheguem à idade adulta e possam se reproduzir e reproduzir o ciclo de vida de seus progenitores, que finalmente adquirirão o direito de retornar à caverna e terminar seus dias em paz cantando sambas que falam de tudo aquilo por que passaram.

JUVENALDA DAXANA

Acredita que o mar foi ontem e que o idioma pode ser hoje, basta vencer toda mulher que leva um sorriso no rosto e mil segredos no coração.

São esses jogadores de damas posicionados o dia inteiro, todos os dias, diante dos seus tabuleiros, esperando novos adversários, novos desafios, calculando fria e antecipadamente dezenas de estratégias de defesa, ataque e "tédio", a mais terrível de todas, pois quando é realizada com sucesso, leva o adversário, como aconteceu na última vez em que foi utilizada, à tentativa de suicídio ali mesmo, na praça, diante dos espectadores e dos telespectadores e dos rádio-ouvintes, pois tratava-se da final de um campeonato que se arrastara por três meses, envolvendo jogadores de cinquenta e sete cidades de todas as partes do país. "Tédio" consiste em prolongar o jogo (há um projeto de lei em tramitação no congresso proibindo-o em certames oficiais), dilatando o tempo através de recuos e falsos avanços, por mais de sete minutos e menos de nove (limite imposto pela federação), de forma a fazer com que o adversário desvie o olhar do tabuleiro para o jogador que o aplica, que, ao conseguir este deslocamento de atenção, faz uma série de caretas combinadas que transmitem – quando o jogador é competente – a maior sensação de tédio que o ser humano é capaz de suportar – daí as cinco tentativas de suicídio (todas frustradas) que levaram as autoridades competentes, a pedido da federação, a encaminhar sua proibição legal.

Os jogadores de damas agora esperam adversários diante dos seus tabuleiros, posicionados lado a lado nas alamedas da maior praça da cidade, compenetrados em repassar mentalmente todas as variáveis de jogadas conhecidas, tentando criar novas formas de ataque e de defesa (certamente, a esta altura, muitos querem driblar a lei e criar uma nova jogada letal).

Eles têm as peças dispostas com cuidado, rigorosamente centralizadas nas casas, tabuleiros centralizados nas mesinhas, os banquinhos alinhados com os de seus vizinhos, e a linha formada por eles (nos fins de semana são trezentos e oitenta e oito), acompanha os canteiros dos jardins. Vistos de cima, faz com que pareçam flores (são obrigados a usar os bonés vermelhos, azuis ou violetas, cores símbolo da bandeira nacional). Flores que desafiam, mas não encontram adversários.

MATCHUCA PÉ-CURTO

Sempre acreditou que a saudade é uma tatuagem na alma: só nos livramos dela perdendo um pedaço de nós. Quis perder a sensibilidade, porque às vezes ela arranha um pouco sua alma.

São esses monstros que a gente vê no espelho, quando esperava ver apenas um rosto a ser barbeado, nos assustando a ponto de deixar cair a escova de dentes na pia ao arregalar nossos olhos: "que diabo é isso?", e balançar a cabeça e coçar a cabeça e fechar com força os olhos e arregalá-los na esperança de recuperar nossa imagem real refletida – ao menos por alguns minutos, pois agora já sabemos que, apesar de ter sido um jogo da imaginação, há uma verdade, ao menos uma, que esses monstros querem nos contar.

Eu ainda não sei do que se trata, porque quando tive a chance de ver o monstro, consegui, por medo ou covardia, não encará-lo: quando percebi que ele estava ali e seria inevitável reconhecê-lo, fechei os olhos até ter certeza de que só veria o meu rosto adolescente, no fim de uma noite em que traí a confiança de alguém.

Desde então eu sei que ele está escondido atrás do espelho, esperando a oportunidade para me explicar o que ainda não sei, mas sei que preciso ouvi-lo para rever minhas atitudes. Enquanto há tempo. Enquanto ele engorda e cresce atrás dos espelhos das casas onde vivo. Enquanto ele se transforma em algo mais terrível e mais forte, mais abominável, mas com boa aparência: penteia os cabelos, apara a barba e o bigode, usa roupas limpas bem cortadas, sapatos engraxados, perfumes e sorrisos. Nos momentos certos, diz palavras sinceras e macias, nos conta tudo o que queremos ouvir para ficarmos em paz com nossa consciência.

Em que percebemos que, na verdade, aquelas histórias estão apenas repetindo a história de nossos erros.

Enquanto não o fotografo de corpo inteiro, ele espera.

Não preciso listar o que alimenta meu monstro. Eu sei o que é. E sei que a lista é longa.

E você, tem mantido seus espelhos limpos?

BELDERAGAS PERSEGONHA

Curioso, liberal e ansioso por novas experiências, também tem dificuldades de ser fiel. Importante e bonito, não está sempre igual, e ainda vem mudando.

São esses velhos inocentes recostados na grade do coreto, como quem não quer nada, olhando a vida passar, a sua vida passada sem grandes emoções, quem sabe, como o que ele vê passar agora: pessoas, cães, gatos, carros, árvores, ônibus, pássaros, policiais um dos quais, cão na coleira, se aproxima do velho e lhe pede documentos. Mas o que foi que eu fiz? Cidadão, documento. Eu sou suspeito de algum crime? O senhor não se preocupe, apenas apresente os documentos.

Mas. O senhor está dificultando as coisas. Dificultando o quê? Obstruindo a justiça. Mas eu só estou observando o movimento. Documentos! O senhor não pode gritar comigo. Posso e grito de novo. Grita nada. DOCUMENTO! Agora é que não vou mostrar nada mesmo. Ah, não? O senhor não. Você é um velho muito teimoso. O senhor me respeite! Agora o cidadão está extrapolando. Mas, afinal. Ok, eu vou chamar reforços. O senhor está maluco, chamar. Maluco? Descul. Maluco eu? É que. Isso é desacato, cidadão, dá cadeia, sabia? Me desculpe, é que eu fiquei nervoso. Nervoso, é, tá me escondendo alguma coisa? Eu? Aposto que sim. Eu escondendo? Tem culpa no cartório, hein, hein? Ora, respeite meus cabelos brancos. Cabo! Cabo? Eu não avisei que ia pedir reforço? *O que houve, soldado Rústico?* Este cidadão se recusa a apresentar documentos. Mentira! *Você está mentindo a um superior, soldado?* Claro que não. É que ele não explicou o motivo. *E a polícia lhe deve satisfação, ci-*

dadão? Não? Claro que não, né, cabo? *Calado, Rústico.* Mas também não foi nada demais. *Como assim?* Você resistiu a uma ordem policial. *Houve desacato, Rústico?* Não. Sim, ele me chamou de mentiroso. *É verdade, cidadão?* Não, quer dizer, mais ou menos. Ah, agora tá com medo, né? *Calado, Rústico.* Senhor cabo, se eu não sou suspeito de nada, posso ir embora? O quê? *Claro, cidadão, e em nome da corporação eu peço desculpas pelo incômodo provocado pelo soldado Rústico, que será devidamente punido, pois a polícia existe para proteger os cidadãos e a sociedade e bla, bla, bla.*

São esses velhos inocentes vendo os policiais e seus cães se afastarem, a coleira de um embolada na do outro, pensando que finalmente estamos vivendo numa democracia estável e vendo três adolescentes se aproximarem, estenderem as mãos e em cada uma delas colocar um pequeno pacote, que eles vão abrir aqui no parque, espalhar o conteúdo pelos bolsos e vender até o fim da tarde, hora em que esses velhos cansados precisam levar a féria do dia pra suas velhas que ficam diante da tevê morrendo de saudade.

GRACIOSA JANOTA

Devia era, logo de manhã,
passar um sonho pelo rosto.
É isso que impede
o tempo e atrasa a ruga,
desde quando acredite
em uma boa causa e lute sem
descanso para promovê-la.

São esses hóspedes do hotel das ruas dormindo até mais tarde como se estivessem em casa. Se esquecem que o colchão (quase sempre papelão de caixas que surrupiam às portas das lojas de eletrodomésticos) não é muito confortável, aí então só quando a camareira os desperta, atendendo ao pedido registrado na recepção.

Boêmios, em sua maioria, deitam-se tarde porque não agendam compromissos para logo cedo. Costumam servir-se de alguma bebida no final da noite (durante o dia também, quando a agenda não exige muita sobriedade), refestelados sob as melhores marquises do hotel, trocando entre si impressões sobre política e futebol, moda e mulheres, gastronomia e automóveis, enfim, mundanidades que ocupam o tempo de todos nós.

São românticos e, invariavelmente, nas noites de lua cheia, tornam-se melancólicos e recitam uns para os outros versos de Álvares de Azevedo, Augusto dos Anjos, Vinícius de Moraes e gostam de terminar o sarau com alguma canção de Dolores Duran. (O repertório, curto, é interpretado com emoção e lágrimas. Às vezes, policiais e entregadores de pizzas param para ouvi-los.)

Por que prezam a boa forma física e a saúde, evitam comer muito antes de se deitar (durante o dia também, quando a agenda exige contenção). Liberais, fazem sexos, mas apenas entre si; preferem, por pudor, não se misturar com não hóspedes. Claro que, por descuido do coração, formam-se casais e então tornam-se monogâmicos por um tempo, mas sua cultura acaba por se impor e a ciranda de casais retorna, até que uma crise romântica atinja outros jovens corações distraídos.

A noite nem sempre é benfazeja para os hóspedes do hotel das ruas. Apesar do alto valor das diárias que lhes são cobradas, podem ser incomodados por barulhos (freadas ou batidas de automóveis, por exemplo) e por sádicos que os espancam ou incendeiam.

Como dizíamos, dormem até mais tarde se a azáfama diária não se lhes interrompe o sonho. Em geral acordam e se levantam cedo, pois a vida não está fácil para ninguém e eles também precisam correr atrás.

NAIDA-VOCÊ-ME-MATA

Com o corpo, fala tristezas que as palavras desconhecem. É uma eterna apaixonada por fonemas e pessoas inteiras. Não se importa com seu sobrenome nem com quanto carrega no bolso.

São esses manifestantes sempre reclamando de alguma coisa, no que podem até estar certos, mas precisavam fechar o trânsito agora, justo na hora que estamos saindo do trabalho a caminho do lar onde nos esperam nossas esposas, maridos, filhos, novela, jantar, uma noite de sono reparador para que estejamos revigorados amanhã, continuando a luta por nossos salários?

Luta?

Eles dizem que estão lutando quando se juntam em grandes multidões no meio da avenida no centro da cidade reivindicando tantas coisas que é até difícil lembrar: o preço da passagem de ônibus, da água, da luz, do frango e dos impostos deve abaixar; querem mais mobilidade urbana; menos corrupção; cadeia para os bandidos e o fim da polícia militar. A gente até se confunde e fica sem saber quem daria conta de resolver os problemas dos manifestantes, que parecem ser tantos e dar cria como coelhos. O nosso é um só: chegar em casa sem o aborrecimento de ficar uma hora a mais dentro do ônibus vendo o desfile dos manifestantes pela tevê da janela.

São pessoas de todos os tipos: professores e estudantes, operários e comerciários, artistas e intelectuais, sem casa, sem teto e sem terra, jovens, velhos e crianças, mulheres, homens e gays homens e mulheres, gente gorda, magra, baixa, alta, clara, escura, funcionários públicos municipais, estaduais e federais, pobres... parece que todo mundo, a cidade toda tem alguma coisa do que reclamar.

Mas... e os ricos? Será que nessa multidão estão também o dono da escola, do comércio, da fábrica, do ônibus?

Nós que não somos ricos nem estamos na rua manifestando, o que somos? Se existe quem não tem, ou reclama de alguma coisa, e existe quem tem e não atende às reivindicações, quem somos nós? Ora, nós somos os que cumprem a lei, trabalhamos todos os dias para merecer nosso salário, não fazemos baderna para atrapalhar o trânsito, damos conta de nossos deveres, pagamos os impostos em dia e esperamos recebê-los de volta em forma de serviços que o governo deve oferecer, como água, luz, transporte, mobilidade urbana, inflação controlada etc.

Mas não é disso que os manifestantes reclamam? Que o governo não cumpre a parte dele, que os políticos roubam, que a justiça não julga os corruptos, que a polícia não os prende?

Enfim, parece que quem acha que tudo está errado reclama, quem acha que tudo está certo fica quieto e nós, que não temos nada a ver com isso e pagamos tudo em dia é que vamos perdendo, todos os dias, mais um capítulo da novela.

ARQUITECLÍNIO SELEIDA

Seus desafios são maiores que a esperança. Mas não pode ser otimista, ou o pessimismo seria um luxo para os ricos. Às vezes, um pouco inconsequente e impulsivo também.

São essas jovens homossexuais se beijando em público e isso agora é a coisa mais normal do mundo. Elas já não se escondem, à tarde, em seus quartos decorados com pôsteres de astros do rock adolescente, enquanto papai trabalha e mamãe visita o cabeleireiro. Elas estão muito à vontade para se amar onde quer que estejam, quer dizer, manifestar o prazer que sentem de estar juntas e não precisar se esconder.

Elas nem precisam pensar muito sobre isso, se são lésbicas, sapatões ou sapatinhas. Alguma coisa aconteceu e sobre isso também elas não precisam pensar, elas não se preocupam também com causas e consequências, porque o fato de se amarem e permitir que o mundo compartilhe com elas a manifestação desse amor não é uma coisa que elas façam fora delas, como a roupa que escolhem para sair – é parte delas.

Apesar de não se esconderem mais, elas também não querem chamar atenção.

Os homens que se amam e são jovens também preferem não ser objeto de estudo. Esses homossexuais juvenis têm mais experiência no quesito publicidade. Nós vimos pegando no seu pé há mais tempo, porque não nos permitíamos pensar que nossas meninas seriam capazes de uma coisa assim, amar entre si. Isso seria tão absurdo que elas não se permitiram sair do quarto cheio de bichinhos de pelúcia onde vinham se amando à tarde, enquanto trabalhávamos ou íamos ao salão de beleza.

Por isso agora achamos tão estranho que elas se beijem na boca enquanto se abraçam enquanto seus corpos se apertam sem se importar com nossos olhares assustados. Nós ainda não entendemos onde foi que erramos. Sabemos que erramos porque nos ensinaram que isso não é natural e nunca lhes faltou nada, então por que agora elas fazem isso com a gente, isso de se amar sem pedir licença, de deixar que nossos olhos assistam a estas cenas de amor novo se ainda nem entendemos como é o nosso velho e recalcado amor?

MARICHÁ MARIBEL ARROTEIA

Quando já não havia outra tinta, usou seu sangue no próprio corpo. Assim, nasceu a voz, o rio em si sem voz nem nascente. Aventureira, lhe encantam as metas, a liberdade e as motos.

São esses motoboys ultrapassando os carros parados no sinal, longas filas de dezenas de carros formando um imenso retângulo de metal colorido, barulhento, enfumaçado e ansioso, bufando irritado esperando a permissão para avançar em bloco, uma legião em guerra até o próximo sinal fechado. Mas os motoboys não precisam esperar no final da fila: eles seguem costurando, arranhando laterais de latarias, quebrando retrovisores com os pés feito aríetes, xingando e sendo xingados até atingirem a gloriosa posição à frente do pelotão, na vanguarda do ataque e ali, olhos fixos na luz vermelha, corpo tenso, aceleradores engatilhados assustando pedestres retardatários ainda na sua faixa, em dúvida se dão uma corridinha ou se podem confiar nos pedestres que neste momento montam em motos.

Porque muitos desses motoboys um dia foram pedestres e nem todos se lembram disso. Porque outros tantos têm consciência de que atingiram o estágio superior na cadeia motorizada da sociedade e vivem em êxtase com suas motos mesmo quando não estão sobre elas. E ainda há aqueles que vivem um purgatório e sofrem por terem se desencarnado da situação pedestre, mas ainda não atingiram o nirvana de guiar a própria moto, muito menos o automóvel próprio.

Não é uma espécie em extinção, o motoboy, ao contrário dos carroceiros. Vêm se reproduzindo assustadoramente devido a fatores econômicos e sociais. O fato de que uma motocicleta gasta menos combustível e ainda é eroticamente mais sedutora para o sexo oposto da/o proprietária/o, faz a diferença para a opção do ciclista que deseja ascender.

As oportunidades do uso profissional do "cavalo de aço", como a chamam os roqueiros saudosistas, também têm contribuído para o sucesso de vendas e o surgimento explosivo desses motoboys nas ruas de nossas cidades. Ficou famoso o caso do rapaz que nasceu e cresceu com as pernas arqueadas de modo a se encaixar em qualquer modelo, pois seu pai e sua mãe foram motoqueiros a vida toda, seguindo o exemplo de seu avô, que foi um *hell angel* original, ou seja, um pioneiro dos motoboys atuais: era ele quem buscava refrigerantes e hot dogs para os cabeludos que estavam trabalhando como segurança naquele show em 6 de dezembro de 1969, em Altamont/EUA.

AMÁVEL REGUETE

Carrega objeto usado nos rituais de casamento e noivado, onde corta os pulsos com um lenço vermelho, simbolizando a união eterna. Aos domingos é assim também, mas de gravata.

São esses alfaiates cortando sob medida a elegância do homem moderno há tantos anos e, ainda hoje, escondidos em pequenos ateliês no centro da cidade. Formam uma irmandade que resiste tácita ao avanço inexorável do mau gosto que o tempo impõe. Sua teimosia em não se deixar extinguir é a única memória que teremos de que um dia bom gosto foi uma escolha. E de que o mercado padronizou o mau gosto para deleite da multidão.

Ainda são dos poucos profissionais que enxergam o homem como indivíduo e não apenas como massa consumidora de qualquer corte mal alinhavado na China, ou em alguma fabriqueta de quintal usando trabalho escravo, avalizado depois por uma grife de fama internacional, que não passa de fachada para os mesmos idealizadores de uniformes para manadas.

Esses alfaiates conviveram nas salas de nossos avós, forneceram o ritmo que deu a cadência para nossas leituras infantis: a canção da máquina de costura foi a trilha sonora para vestir a nossa infância com uma aparência mais feliz.

O que nos faz exclusivos é o seu olhar para nossos corpos: eles não nos veem como o que somos, mas como o que podemos ter de unicamente nosso, e seu trabalho é descobrir as nossas medidas para que nos vejamos melhor.

Esses alfaiates, nas cidades pequenas, deixam suas janelas abertas para que os poucos vizinhos possam acompanhar o desenvolvimento de sua arte (rótulo que eles renegam, pois se consideram operários liberais – “com uma nota de bom gosto”) e, quem sabe, lembrar-se de que está ao seu alcance identificar-se melhor vestindo-se com roupas feitas sob medida.

Esses alfaiates, portanto, devem desaparecer. Desaparecerão. O mundo em que surgiram não existe mais. Não há por que continuar cedendo espaço a um profissional cuja essência é valorizar a individualidade do ser, negando sua condição de consumidor de roupas industrializadas.

Por isso, cada vez mais eles preferem o silêncio do giz, a exatidão da fita métrica, a cumplicidade dos manequins e o corte definitivo das tesouras.

FEDELO ATLÂNTICO

Talvez sua voz seja um pano, um pano que limpa o tempo, mas o correr da vida embrulha tudo. Sua vida esquenta e esfria, sossega e depois desinquieta. O que ele quer mesmo é um pano.

São esses hippies tardios na praça, bem no centro da cidade, atrapalhando o fluxo cotidiano de pessoas normais, como se isso fosse razoável. E não são poucos, são muitos, e cabeludos. E há mulheres também, algumas nem parecem hippies tardias autênticas, às vezes parecem saídas de casa faz pouco, banho tomado e roupas limpas. O que elas fazem ali, misturadas aos velhos hippies de roupas e cabelos sujos? Será possível que elas leram alguma boa história sobre eles, ou ouviram velhas canções de rock, ou assistiram a filmes sobre os anos 1960 e se sentiram convidadas a entender, ou pior, viver este sonho que acabou há tantos anos? Por que elas se sentam sorrindo, parecendo felizes no meio dessa gente que parece saída das páginas manchadas de uma revista antiga? Será possível que alguém, hoje, num tempo tão tecnológico e higiênico, possa ser seduzido por artesanatos de fio de cobre, durepoxi e sementes? Será que a prefeitura autoriza isso?

O que eles estiveram fazendo desde Woodstock? Estavam viajando pelo mundo pedindo carona até a Índia para bater um papo com Sidarta? Continuaram fumando maconha e tomando ácido nas ruínas de Machu Picchu? Bebendo vinho barato, tocando Raul Seixas e declamando poemas de Allen Ginsberg, ou suas próprias rimas baratas pela madrugada? Cheirando incenso e pondo flores nos cabelos? Dançando de mãos dadas em roda sorrindo feito tolos nos gramados do parque? Algum deles tentou aprimorar sua técnica de artesanato ou aprender uma nova? Aprender alguma coisa? Um ofício honesto e lucrativo? Outra língua, por exemplo, o inglês, em que cantam suas canções *folk*? Você já ouviu como eles cantam as letras de seus ídolos? *"Rau méni rouds mast a men..."* Ah, o violão, aquela charanga em Mi a vida toda. Eles não se interessam em tocar corretamente nem saber a letra para cantá-la bem. Tudo é "emoção, inspiração e essência astral".

Nunca se preocupam com o futuro, só vivem o presente e por isso estão condenados a repetir o passado que outras pessoas viveram, e agora roubam para si, justificando uma vida vazia, sem objetivo, sem metas a cumprir, sem produzir nada para legar à humanidade ou aos seus filhos (que não são largados pelo caminho, como alguns querem fazer crer, porque estão ali, melequentos, zanzando pela praça).

Agora imagine se sua filha, limpinha, no quarto decorado com pôsteres de astros adolescentes, estante de livros coloridos, laptop conectado, de repente decide ir morar com esses hippies tardios, deixando para trás esmaltes, perfumes e uma vida de paz e venturas.

E eles nem usam camisinha.

FINÓLIA EULÂMPIO

Gosta de ganhar, apanhar e de ser espontânea. Também gosta de apoiar. Para ela, a vida é simples, mas ninguém entende: “se todo animal inspira ternura, o que houve com os homens?”

São esses linchadores fazendo justiça com as próprias mãos do Sistema, a qualquer hora do dia ou da noite, atendemos em todos os bairros da cidade ou cidades do interior; preços especiais proporcionais, isto é: quanto maior o número de linchadores e menor e mais fraco o produto em questão, mais barato. Sim, meus amigos! Estamos na contramão do Mercado, nossa Sociedade Anônima não visa ao lucro, mas garantir o bem estar de nossos clientes.

Temos condições especiais para fins de semana, feriados prolongados e Dias Santificados, tudo para melhor servir a você. Aliás, nosso lema é: "Uma família trabalhando para atender à sua!", e não vai nisso nenhuma ironia. Nossa missão é preservar a *celula mater* da sociedade, pois ela vem sendo ameaçada todos os dias através de vários atentados perpetrados por agentes dos mais tradicionais aos mais inusitados. Por isso, olho vivo, cidadão!

Você pode até pensar que estamos exagerando, mas, veja bem, raciocine conosco: a porta de sua casa fica destrancada? Os muros de sua casa têm cerca elétrica? Seu carro tem alarme? Seus filhos brincam felizes na rua? Vão sozinhos para a escola? Você, sim, mesmo você tem andado despreocupado como antigamente nas ruas da sua cidade? Confesse, você já sonhou com o estupro de sua mulher por terceiros?

Então, meu amigo, esta é a hora de acabar com toda essa aflição, essa angústia: temos o mais completo cadastro dos meliantes em atividade em nossa comunidade (classificados por shoppings, praças, aglomerações, aglomerados, rodoviária etc.). Basta receber o seu "de acordo" em nossa proposta personalizada exclusiva (duas horas após o pedido de orçamento, uma Ordem de Serviço estará em sua caixa de entrada detalhando todos os procedimentos e as condições de pagamento) e garantimos que o mal será cortado pela raiz em menos de 24 horas em nome de Deus.

Esses Linchadores somos a única empresa autorizada pelo Sistema para operar impunemente em todo o território nacional, sem prejuízo para a imagem dos nossos clientes e com garantia de resultado com apenas 2% de margem de erro, afinal somos a única com ISO 9000! Não deixe para eliminar amanhã o marginalzinho que pode te roubar hoje. Ligando agora, você terá um preço muito mais em conta. Antes que ele aprenda a se defender, ataque você!

RELILDA DEZÊNCIO

Tão boa que até perdeu o caráter – a bondade a destemperamentou. A pessoa só deu valor enquanto o tinha ao seu lado. O problema é que ninguém acredita.

São esses malabaristas de sinal, jogando coisas para cima diante dos nossos carros, me deixando nervoso quando usam tochas com fogo de verdade, pois aquilo pode cair sobre o meu carro e estragar a pintura, ou pode cair sob algum carro que esteja com vazamento de óleo ou gasolina e imagine bem a tragédia que pode se desencadear, tantos automóveis juntos, tanques cheios, tudo explodindo enquanto a luz verde fica vermelha também. Prefiro quando eles usam objetos menos perigosos, que não provocam tragédias nem riscam a pintura dos nossos carros.

Eu nunca dou dinheiro a eles, acho que deveriam procurar emprego no circo ou em alguma escola para crianças. Não tenho nada contra, até acho bonito, são verdadeiros artistas, deve ser muito difícil equilibrar todas aquelas bolas e bastões jogando para cima e dando giros e cambalhotas. Mas a rua não é lugar para isso, é o que eu acho.

O governo poderia fazer alguma coisa, não sei bem o quê. Nós pagamos para ele resolver isso, porque é perigoso demais, imagina se um carro arranca sem querer e atropela um? Vai ser outra tragédia e a culpa, claro, será do automóvel, que talvez tenha um problema mecânico, claro que não foi de propósito, ninguém quer matar ninguém assim, a sangue frio, ainda mais um artista – mas que estava no lugar errado, ah, isso estava.

Antes havia só crianças vendendo coisas nos sinais, era muito melhor. Às vezes uma bala, um chiclete ou uma garrafa de água. Tinha também os que pediam esmola, esses também não eram bons porque a gente ficava com pena e aí às vezes até estragava o humor da gente, ainda tínhamos um dia inteiro de trabalho pela frente e ficava aquela imagem triste incomodando, mas não é possível dar esmola para todo mundo, né?, então é melhor não dar nada.

Por isso eu gostava mais quando eles vinham vender alguma coisa, pelo menos existia uma troca justa, saía dinheiro e entrava produto. Mas e esses malabaristas de sinal? O que eles podem nos oferecer além do medo de uma daquelas coisas riscar a pintura do meu automóvel ou, Deus nos livre, aquele pau com fogo cair num vazamento de óleo ou gasolina e provocar uma tragédia de proporções inimagináveis?

CONFESSOURA FEVERÊNCIO

Objetiva, briguenta e ousada, não tem ilusão. Os sonhos lhe falam o que nenhuma palavra sabe dizer, uma vez que o mundo é mágico pois as pessoas não morrem, ficam.

São esses amoladores de facas registrando minha infância com aquele ruído agudo e interminável, metáfora das dores que senti, das cicatrizes que desenharam minha pele: o que me fez mal antes hoje é memória agradável. Mas teria sido mesmo ruim a dor? Era mesmo dor ou eu apenas não conseguia ainda saber o que era e a memória registrou como dor para que eu não me esquecesse, para que me marcasse de modo que mais tarde – hoje – eu pudesse refletir sobre isso? E concluir, talvez, que não foi dor o que senti, mas surpresa ao encarar o desconhecido, o novo.

Farelos de realidade, fagulhas que me queimaram antes mesmo de me tocar.

O ruído da roda de esmeril, amolando a faca, continua.

Seria confortável falar em "roda do tempo", mas não serão metáforas fáceis que me farão entender, afinal, por que essas cicatrizes ainda doem, o que as causou, o que houve entre mim e o guincho do esmeril do amolador de facas: porque é este – aquele – ruído tão estridente, único e tão alto riscando o silêncio das tardes solitárias da minha rua, interrompendo o tedioso exercício de fazer as tarefas da escola (um outro universo de ignorância – e dor) e ainda espetando meus ouvidos, rasgando as folhas do caderno e dos livros, anunciando um universo estranho que não tinha nenhuma relação com a vida pacata daquele estudante adolescente, mas que o obrigava a romper a rotina e gravar na fita da memória o som, o momento, o calor, o tédio, a solidão e a imagem agora vista pela janela do quarto: o humilde amolador de facas estacionando sua bicicleta do outro lado da rua, batalhando seu pão, concentrado em seu ofício, indiferente à agonia que provocava em mim, aquele garoto inútil para gumes.

Que de uma forma que ele ainda não entende, quarenta anos depois, também foi amolado naquele esmeril e, no entanto, foi preservado o fio cego com que ainda não é capaz de cortar fatias de tempo para compreender o que houve.

LETSGO PORRAS Y PORRAS

Pessoa que não está sempre igual, porque ainda não foi terminada, mas que vai sempre mudando. Curioso, liberal e ansioso, tem dificuldades de ser fiel, por isso afina e desafina.

São esses camelôs oferecendo sonhos aos berros nas esquinas do Centro. Com suas bancas abarrotadas de produtos que a gente nem sabe para que servem. Olhares vigilantes, atentos aos fiscais da prefeitura. Prontos para sumir em segundos e salvar sua mercadoria. Produtos baratos, contrabandeados, furtados, refugo da indústria e do comércio. Em duplas ou em trios, um negócio de futuro. Equipe profissional: o olheiro, que alerta de perigos e o chamariz, que atrai o comprador incauto.

Comerciantes sérios, levantam um bom dinheiro todos os dias. Economia informal que mantém famílias. Sustenta lazer e vícios. Faz girar a roda da economia nacional. Mais importante: dá ao centro da cidade uma feição característica.

Uma cena urbana sem camelôs não está completa. Eles são engrenagem financeira e trilha sonora; protagonistas dos trechos de perseguição, quando fogem da polícia atiçada por fiscais atiçados pelo diretor do departamento financiado pelos diretores lojistas que preferem ter exclusividade com o lucro de seus próprios camelôs.

Porém, nem tudo são grandes negócios neste universo emocionante e encantador. Há o empreendedor individual, em geral novato, que ainda não tem sócios, patrão nem capital de giro: com algumas moedas consegue comprar, por exemplo, um maço de cigarros para vender a unidade de modo a duplicar o investimento. Expõe sua mercadoria sobre uma caixa de papelão e parece muito triste e solitário. Passa horas ali, sozinho, faça chuva ou faça sol, resistindo à tentação de consumir sua mercadoria. Alguns deles dão a sorte de fazer um curso gratuito de empreendedorismo, através de uma instituição governamental e, se se aplicarem, de um maço logo têm um pacote; da caixa de papelão para um caixote de madeira, e o céu é o limite quando a pessoa tem talento, ambição e se dedica com afinco à carreira.

Em muitas cidades, infelizmente, a prefeitura está tirando o camelô das ruas e instalando-o em "shoppings populares". É algo triste de se ver, toda aquela vida, aquela energia, aquela pujança, aquela vibração sendo confinadas em banquinhas iguais, regulamentares, lado a lado em dezenas de corredores em algum galpão afastado do centro, como animais silvestres num zoológico de quinta categoria.

PETA PRIMAVERA

Cada canção que canta
é uma janela que se abre para o
lado de dentro do sol.
Sua dor pede pudor;
seu sofrimento é uma nudez
quando não se mostra
em público.

São essas empregadas domésticas o dia inteiro dentro de casa mexendo em tudo, tirando os objetos de seus lugares; pondo os tapetes para fora e batendo neles como se fossem culpados; compartilhando a intimidade dos nossos lençóis; verificando o estoque de alimentos na despensa, produtos de limpeza pela metade; descobrindo nossos pequenos segredos escondidos no fundo das gavetas ou entre páginas de livros que disfarçamos no alto das estantes.

Parecem não entender que a casa não é sua, que cada coisa tem um motivo para estar onde e como está. É sempre muito cansativo voltar para casa depois que essas empregadas resolvem virar tudo de pernas pro ar. Ou quando temos uma folga no trabalho e elas ficam nos expulsando do quarto ou do escritório; xingando-nos porque resolvemos fazer café "fora de hora" ou nos mandando tomar banho mais cedo pra que elas possam deixar o banheiro limpo antes de ir embora.

Ainda bem que acabaram com aquele costume de elas dormirem nas nossas casas. Era uma tortura a que tivemos que nos acostumar: além de tudo o que nos fazem durante o dia, éramos obrigadas a suportar sua presença à noite, junto dos nossos filhos que chegavam da escola, dos nossos maridos que chegavam do trabalho, das nossas amigas que chegavam para o chazinho; comendo do nosso jantar (mas na cozinha, *of course*); ouvindo nossas conversas privadas; vendo tevê na nossa sala e, ainda por cima, dando opinião sobre o desenrolar da novela, sobre as notícias do telejornal, rindo conosco durante os programas de humor, usando o seu celular na nossa cara para participar das promoções dos programas de auditório e, depois, dormindo sob o mesmo teto das nossas famílias!

Sempre achei um perigo, confesso, tive medo e tenho minhas dúvidas se não aconteceu o pior: a iniciação sexual dos nossos filhos e a puladinha de cerca dos nossos maridos. Graças a Deus agora elas têm carteira assinada, fundo de garantia, fim de semana, férias anuais e dormem em suas próprias casas, cuidam apenas dos seus filhos e trepam com os próprios maridos.

ZALBOENO KÊMULA

Suas fotos são ao contrário: apagam-se quando recebem carícias. Diz que a vida é para quem sabe viver, mas é corajoso. Tende a se arriscar muito. Desconhece a inauguração do dia.

São esses policiais distraídos pisando no pé das Pessoas, socando-lhes a barriga, esmurrando-lhes as costas, quebrando-lhes os dedos, furando-lhes os tímpanos e os olhos, afundando-lhes o crânio, arrancando-lhes os cabelos, rompendo-lhes os ligamentos, subtraindo-lhes dentes, arranhando-lhes as faces, trincando-lhes as omoplatas, perfurando-lhes o baço, sodomizando-lhes, capando-lhes, eletrificando-lhes os testículos, mutilando-lhes os seios, apenas por distração.

Porque quando estão atentos, aí sim, as Pessoas precisam tomar cuidado para não descumprir as regras do jogo, pois eles são adestrados para lembrar-lhes a maneira correta de viver, e são pagos pelas Pessoas para fazer isso e, caso as Pessoas não entendam a dialética do cassetete na primeira audição, eles se lembram que são mal pagos e recorrem ao papo da pistola e soltam o verbo da bomba.

Tudo culpa das Pessoas, que preferem se reunir para dizer o que pensam, reivindicar o que querem ou manifestar seu mal-estar no meio da rua, atrapalhando o trânsito e atrasando a vida dos verdadeiros trabalhadores, pessoas de bem que estão satisfeitas porque sabem que o estado faz o que pode para manter as coisas como estão e aí vêm as Pessoas tentando provar o improvável e contaminar a mente pacífica das pessoas de bem e por isso, e só por isso, esses policiais são obrigados a intervir, muito contrafeitos e a contragosto fazem aquelas coisas, distraidamente, mas só porque não têm outra opção.

Esses policiais também são pessoas de bem e têm filhos que nunca se desviam das regras fumando maconha ou usando qualquer outra droga, furtando ou roubando, seduzindo menores, corrompendo políticos, jogando guimbas na rua, pulando o muro para roubar jabuticaba e por isso não sabem e nunca saberão como é duro o trabalho do papai para colocar comida dentro de casa.

MARIA MAGRONÇA

Cada um descobre o seu anjo tendo um caso com o demônio. Quando está solteira, é que surge um gordinho para o coração. Cuida para não se afastar de pessoas de que gosta, por isso suplementa.

São esses feirantes gritando desde lá do meu passado, escondidos em suas bancas tão altas. Só consigo ver bordas de couve, pontas de banana e tabuletas de preços escritos a giz caídas sobre a madeira manchada pelo uso, úmida, e as pernas lá atrás, misturadas a caixotes e mais coisas no chão. E essas imagens iam se repetindo enquanto eu caminhava agarrado à saia da minha mãe que, lá em cima, comprava frutas e verduras que ia pondo na sacola até terminar a rua Varginha, ida e volta em cada calçada, e depois as ruas Ponte Nova e Álvares de Azevedo, até em casa, onde ela imediatamente começava a preparar o almoço, enquanto eu me arrumava para ir ao colégio à tarde.

São esses feirantes que esperavam por mim e por meu pai no Mercado da Lagoinha. Depois que descíamos a Álvares de Azevedo, passávamos pela Diamantina e pela Rua da Escadinha até a avenida Antônio Carlos. A lembrança é doce: o piso do mercado era de chão batido, escuro de tantos pés durante tantos anos amassando restos de frutas e legumes, pedaços de carne, gorduras, líquidos e sólidos indefiníveis; um chão escorregadio, misterioso, que ficava tão perto do meu nariz que podia sentir seu cheiro. As bancas eram de cimento, ainda altas demais para que eu pudesse ver o que havia lá em cima. Segurando a calça do meu pai, acompanhava, sem entender, sua conversa com os feirantes e com nossos vizinhos.

Era muito importante estar ao seu lado naqueles momentos. Ele comprava pele de porco que eram pedaços duros, pequenos e feios, mas que cresciam como mágica ao serem mergulhados no óleo quente, e assim completavam minha festa chamada sábado.

São esses feirantes que hoje não me propõem qualquer mistério quando preciso comprar frutas, legumes, verduras, temperos, mel e farinha, olhando apático em seus olhos ao ouvir o preço, enchendo minha sacola com produtos que acabarão se perdendo porque eu moro só e não tenho esposa nem filhos para compartilhar tantas lembranças que não me aliviam com sua emoção.

RADIGUNDA CATARINA

Gostava de se envolver com temas de espiritualidade, crenças, terapia ou formas vagas, para revigorá-la de desgastes do cotidiano, mas concluiu também que a vida ninguém entende.

São esses pichadores assinando mensagens enigmáticas, incompreensíveis para mim, feias para muitos. Tinha vontade de saber o que está codificado ali e não pensar que são só rabiscos aleatórios ou poluição visual do espaço urbano. São eles que criam novos signos e novas mensagens, como os bons poetas. Quero acreditar que seja isso e não apenas moleques se impondo desafios ou gangues disputando os espaços mais difíceis de se pichar.

Quem são esses poetas do picho? O que eles querem me dizer? Seria o picho um diálogo gráfico entre seres não humanos que habitam a cidade em espaço-tempo paralelo? Ou seriam deuses que nos visitam e riscam paredes e muros, pontes e viadutos, prédios e monumentos deixando mensagens apaixonadas para suas amantes?

Esses pichadores podem estar testando uma nova linguagem para um novo tempo. Sua comunicação ainda não ficou clara para nós. Eles conseguem se tornar invisíveis para grafar seus poemas, mesmo carregando cordas, escadas, latas de tinta, sprays e pincéis.

Estão também sujeitos às leis, mas optaram por transgredi-las. Sua emoção é ocupar as pautas do caderno da cidade. Não pretendem passar de ano, não se importam em ser reprovados. Fazem sua lição de casa, no concreto visível, e esperam que a gente curta esta matéria.

Eles nos convidam, no recreio, à diversão, nós é que ainda não entendemos como é a festa. O sistema também não, mas prefere sabotar sua alegria e condenar os pichadores à prisão.

TOCAFUNDO
REME REMIDO

No crime, como no amor, só sabe que encontra a pessoa certa depois de encontrar as que são certas para outros, ainda que às vezes sejam irritantes e possam ferir a sensibilidade.

São esses jovens religiosos agindo como se fossem novos cruzados com uma missão outorgada pessoalmente por seu próprio deus e avalizada por seus pastores. Pensam e têm certeza de que o mundo está todo errado e são eles, com as bênçãos de seus velhos religiosos (interpretando a Bíblia de acordo com suas conveniências), que conseguirão colocá-lo nos eixos.

Eles se reúnem no salão de estudos do templo: ali recebem lições específicas de persuasão, interpretação de linguagem corporal e combate corpo a corpo; reúnem-se em suas casas, onde é servido um lanche pelo anfitrião, para repassar as lições do templo e definir os locais onde deverão pregar e os alvos a atacar; reúnem-se nos parques e nas praças, aos domingos, para ensaiar ao ar livre a ação a ser desenvolvida durante a semana, e isso serve também como propaganda, para se exibir e anunciar a atuação daquele grupo naquela região; reúnem-se no fim da noite numa garagem secreta onde guardam os artefatos necessários à ação noturna.

Para obter real sucesso em sua missão, um jovem novo cruzado considera a importância de preservar seu corpo a serviço da Causa do Senhor. Acorda e dorme cedo, faz dieta alimentar equilibrada, pratica exercícios físicos diariamente, cuida da higiene corporal em seus mínimos detalhes e, óbvio, não consome qualquer tipo de droga (exceto as liberadas pelos velhos pastores para melhor desempenho das ações da madrugada).

Sua imagem pública também é motivo de atenção. O jovem novo cruzado deve saber a hora certa de sorrir e de carregar o cenho; quando elevar a voz e quando sussurrar; citar de modo objetivo versículos da Bíblia e de qualquer outro livro religioso; manter unhas e cabelos cortados, roupas limpas (terno, de preferência, ou ao menos camisa social; nada de tênis ou jeans) e, o mais importante: ele nunca pode ser relacionado às ações da madrugada, hiper-secretas. Porque a Nova Cruzada tem várias frentes e, esta, que o Senhor entendeu como de vanguarda, é responsabilidade desses Jovens Religiosos, fortes o bastante de espírito e de corpo para dar e receber porrada.

HERICLAPTON KRIPTUS
Foi lento, mas às vezes peca por ser otimista e fazer rápido demais. Intelectual e objetivo, ainda pode chegar a um verdadeiro extremismo religioso ou político, ao contrário.

São essas babás vestidas de branco, bem limpinhas, com aquele ar superior de quem tem uma profissão especial, passeando pela praça atrás das crianças que justificam sua existência. Seu uniforme padrão é camiseta e calça comprida, nunca muito justas. Em geral elas têm orgulho do seu corpo, mas não podem exibir suas curvas. Seu trabalho é empurrar o carrinho das crianças, brincar com elas e cuidar para que não se machuquem nem conversem com estranhos; preocupar-se em lhes dar água, mamadeira, sucos, frutas, biscoitos ou sanduíches, dependendo do caso. Essa é a parte *outdoor* da profissão.

Indoor elas têm tarefas similares e outras específicas, como restringir o tempo de televisão, videogame e internet, acompanhar sem interferir as tarefas da escola, conferir a higiene após o cocô e escapar das cantadas dos patrões, dos filhos dos patrões e das esposas dos patrões sem chamar a atenção, para evitar sua demissão e qualquer mal-estar na família.

Mas essas são as babás da zona sul, das pessoas ricas que assinam, ou deveriam assinar, suas carteiras de trabalho. Os ricos mantêm uma relação profissional com elas dentro dos parâmetros legais e de mercado; levam-nas para o sítio nos fins de semana; às vezes levam-nas para as férias na praia, como se fossem da família; convidam-nas para as festas de aniversários e datas especiais, como a Páscoa e o Natal; não as ofendem oferecendo roupas velhas, ao contrário, de tempos em tempos dão-lhes presentes novos, apesar de baratos; enfim, tratam suas babás como gente, que é o correto.

Porque existem também as babás das outras partes da cidade, as babás de pobre. Algumas, bem poucas, são contratadas. São aquelas que têm uma experiência própria porque tiveram mais de cinco filhos e sabem lidar com crianças. A maioria, entretanto, é constituída por vizinhas ou parentes com alguma disponibilidade de tempo e boa vontade para suportar filhos dos outros. Costumam aproveitar para conferir se falta algo na geladeira, folhear revistas de moda, passar pano no chão, tirar poeira dos móveis e ouvir vinis acompanhando o Rei com voz alta e coração tranquilo.

MEIRELAZ NAVOLTA

Velho, o que mais teme é a queda. Não a queda na cova, mas no próprio passo, como se o osso já obedecesse à convocatória do chão. Neste sentido, seu papel é começar algo e liberar.

São esses flanelinhas cuidando do bem-estar dos automóveis que não podem ficar nos estacionamentos pagos. Os automóveis precisam sair de casa todos os dias, ficando assim expostos a todo tipo de agressão física, como ter a pintura riscada, a lataria amassada, os vidros quebrados, os pneus furados ou até mesmo serem roubados e assim nunca mais retornar ao aconchego do lar. Se fosse possível, eles se preservariam, mas precisam trabalhar, passear, ir ao cinema, ao teatro e ao restaurante. Sabem que esses flanelinhas estão ali a qualquer hora do dia e da noite, por isso são tão queridos. Sentem-se seguros em suas mãos como se estivessem em um estacionamento coberto, com cancela, câmera de segurança e manobrista.

Esses flanelinhas mantêm uma tradição secular de proteção aos automóveis. É como se fossem da família, ou melhor, são duas famílias distintas muito próximas que vêm, cada uma a seu modo, evoluindo através do tempo. A história das máquinas é bem conhecida, aqueles primeiros fordes, turbinas, motores, combustíveis, lataria, *design*, enfim, até mesmo como são fabricados, hoje em dia não é segredo nem para as crianças.

Já a vida e a história desses flanelinhas... Os melhores são herdeiros de uma tradição, em geral seus pais, tios e avós também foram flanelinhas e o ponto de que cuidam hoje são seu território exclusivo por direito, sua capitania hereditária. Não há quem discuta isso. Porém, como a sociedade é dinâmica e as cidades crescem, a cada dia mais automóveis chegam nas ruas e é preciso que mais profissionais autônomos que cuidam de sua segurança física adentrem o mercado de trabalho. Não há conflito entre as partes, até porque uma Associação, gerida por eles mesmos, cuida da elaboração de uma tabela distribuindo locais, horários, valores etc.

A rotina desses abnegados zeladores do bem alheio é como a de qualquer outro trabalhador: levantam-se com o canto do galo, tomam o café com suas famílias, verificam o material de trabalho (balde, panos, pochete, troco, colete sinalizador, boné, protetor solar, cartão de visita, canivete, sabão, esponja etc.), acenam da porta aos filhos que saem para a escola e vão. Vão ganhar dinheiro com o automóvel alheio até poder comprar seu próprio automóvel.

SIMIONATO RODO

É fácil ofendê-lo quando se sente ofendido; é difícil fazer as pazes com ele. O importante não é a casa onde mora, mas onde a casa mora nele.

São esses torcedores que enlouquecem por conta do futebol. Os jogadores, para eles, não são apenas atletas profissionais ganhando a vida como podem. São deuses quando vencem, demônios quando perdem. E alguma coisa pior se passam a defender outro time. As partidas não são apenas disputas entre duas equipes. São batalhas em que a honra é defendida, territórios são conquistados, sangue derramado e a guerra nunca termina. Cada campeonato anual não é apenas uma sequência combinada de jogos para se conhecer o melhor time. É a guerra, o próprio Confronto Final que se arma entre duas equipes – e entre esses fantásticos torcedores, que se sentem seguros no caos. Que não têm limites para declarar de que lado estão, qual é a sua tribo, quais cores defendem, quem são seus heróis preferidos e o que estão dispostos a fazer com os soldados do exército adversário caso percam. Caso qualquer lado perca. Foguetes barulhentos são traques diante do que vem por aí.

É muito importante que antes, durante e depois da batalha, outra batalha também seja travada. Esta quc, para esses torcedores, é mais importante e talvez muito mais real que aquela cheia de regras e testemunhas e árbitros dentro do campo. Porque não é apenas uma questão de defender a honra, conquistar território e derramar sangue simbólico. Há que se manchar o "manto sagrado" com o sangue inimigo, há que se ocupar fisicamente o território inimigo e há que se alardear sua honra intacta sobre a derrocada do inimigo.

Mas esses torcedores não se fazem da noite para o dia. Os melhores deles provêm de linhagem reconhecida pela Confederação. Gritavam gol quando ainda eram fetos, a mamadeira tinha estampada o escudo divino, foram alfabetizados com o hino do clube. Os verdadeiros torcedores sabem a escalação de todas as épocas, são capazes de narrar jogadas clássicas e não levam desaforo pra casa.

Seu emprego só é importante enquanto for capaz de manter a paixão acesa, ou seja, pagar as despesas que o futebol lhes dá. Os cartolas do seu time são como profetas, seres de outras esferas que mantêm seguras as vidas dos seus deuses.

Esses torcedores, quando precisam, saem de suas cidades em cruzadas pelo país, deixando para trás esposas e amantes e adentram, impávidos, vitoriosos, os estádios onde as pessoas são felizes até o apito final.

CASSAPIETRA PRETEXTADA

Quem parte de um lugar tão pequeno, mesmo que volte, nunca mais retorna. Costuma ser honesta e direta em suas relações pessoais, mas a sombra do não lhe apetece.

São esses gatos soltos no Parque sem a menor noção do perigo. Ninguém sabe de onde eles vieram. Parece que sempre estiveram aqui. Talvez até quando ainda não havia grades, Parque e talvez eles nem fossem gatos ainda, mas um felino não domesticado. E olha que a cidade é jovem.

É certo que eles não saem daqui pra nada. Porque todas as ruas ao redor são muito movimentadas e os que se arriscam viram churrasquinho, tamborim ou hambúrger de gato no asfalto. Há também o Velho-do-saco-de-gatos, mas nem é bom ficar falando dele.

É impossível saber onde eles namoram. Cientistas garantem que a cruza só acontece à noite, quando o Parque está fechado ao público. Observadores passaram madrugadas insones vigiando os locais onde poderiam flagrar o ato de amor; instalaram câmeras especiais, alarmes e... nada.

A cópula desses felinos é a mais desconhecida do mundo animal. Seguidores de uma seita dedicada a eles acreditam que não há contato físico nem fertilização: os filhotes seriam trazidos em forma de energia e se materializariam tão logo o olhar humano a notasse. A "cegonha" seria um leão de juba resplandecente avistado apenas pelos fiéis em uma noite aleatória de lua cheia. Por isso seus cultos nunca são de dia.

Esses gatos morreriam de fome (ou quase, já que no Parque eles podem encontrar parte de sua alimentação natural) se não fosse a ação voluntária de uma moradora de rua que recolhe restos de ração de casa em casa, todos os dias. Ela a distribui em potes de margarina pelo Parque e no dia seguinte recolhe um a um e o processo se repete há vários anos, segundo o jardineiro da prefeitura.

O prefeito acatou, ano passado, uma recomendação da câmara para que os gatos fossem expulsos do Parque. Segundo o autor do projeto de lei, eles transmitem doenças às crianças, que, aliás, lideraram uma passeata (chamada por elas de 'gateata') contra essa ideia absurda, em suas próprias palavras. Por isso os gatos continuam vivos e felizes, ignorando o risco que correm por morarem na mesma cidade destes políticos que não entendem nada de gatos nem de infância.

CAPITULINA PANÇA

Do tipo coração-mole,
consegue se controlar
a ponto de, frente
a importantes decisões, fazer
valer seu lado racional.
Um amigo lhe chamou para
cuidar da dor dele e ela foi.

São essas ciganas estendendo as mãos em nossa direção e dizendo palavras que eu não entendo, mas sei que elas querem adivinhar o meu futuro. Diz a lenda que elas são boas nisso. Eu até acredito, mas nunca paguei pra ver. Elas são elegantes com aquelas roupas coloridas, lenços e chapéus, brincos, anéis, colares, tudo muito vistoso. Deve ser uma forma de chamar a atenção, de se fazerem notadas, talvez para sua própria segurança.

Elas são misteriosas. Imaginar o que elas já viveram é de deixar você confuso. Essas ciganas que me abordam aqui no Parque dão essa impressão. São místicas e, ao mesmo tempo, sensuais. Quantas estradas já percorreram? Noites estreladas ao redor da fogueira, protegidas do frio por mantas de algodão, sonolentas, cantando canções de tempos imemoriais. Recontando histórias antigas, fábulas de ensinamentos e nostalgia dos seus antepassados. Elaborando novas maneiras de abordar a próxima cidade onde chegarão, pela manhã. Criando estratégias para conseguir dinheiro e comida. Dormindo e amando ao luar, íntimas da natureza. Deve ser assim a vida em bando das ciganas.

Aqui elas rondam silenciosas, quase se tornam invisíveis, passam ao lado e entre as pessoas até surgirem do nada à sua frente. Parece que querem mesmo te assustar, sua figura inusitada exigindo e implorando ao mesmo tempo. Nunca dá para saber. Elas não se parecem com nada da sua rotina, não te facilitam referência.

São como um sonho. Ciganas são sonhos que te abordam e por isso você pensa que está dormindo. E é melhor mesmo deixar que elas te tomem pelas mãos e te levem. Talvez sejam as únicas pessoas autênticas na cidade.

VIVEFEIA WANSLÍVIA

Incontrolável, dirige sua vida à frente ou aos lados. Assim esteve Deus para ela: primeiro, ausente, depois, desaparecido. Não pula a catraca.

São esses motoristas de ônibus, estressados por cumprirem uma rotina escrava que compreende ou muitas horas ou um número absurdo de viagens, o que lhes causa primeiro um cansaço físico desumano, depois, um intenso desgaste psicológico por servirem de vitrine ao péssimo serviço prestado por empresas que pertencem a poucas famílias, que decidem entre si preços, trajetos, horários, legislação, condições dos veículos e dos trabalhadores, pois o poder público há anos está nos livros de contabilidade dessas empresas.

Por isso, o cidadão passageiro pagando todos os impostos em dia, ao dirigir-se ao ponto de ônibus, espera usufruir de um serviço de qualidade, até porque ainda deverá pagar um valor adicional, a passagem, por ele. Mas não é isso o que acontece: motorista e cobrador não têm muita paciência, nem sempre, com passageiros mal-educados e o clima da viagem só piora, o tempo fecha.

Esses motoristas começam o dia com todas as expectativas negativas e vão acumulando, com o passar das horas e das viagens, mais aborrecimentos e irritação no relacionamento conflituoso com passageiros e fiscais, isso quando não ficam presos em intermináveis engarrafamentos causados por obras realizadas em dias inadequados, acidentes, manifestações políticas ou de criminosos que também estão cansados de tudo isso que está aí, ou começaram outra guerra entre si.

Não é razoável ser motorista de ônibus na cidade grande. Sem falar nos problemas familiares que atingem até quem não é motorista nem cobrador. Por isso eles formam boas duplas, fazem piadas entre si sem se incomodar se os passageiros estão ouvindo, prestam favores uns aos outros, marcam encontros nos fins de semana, tornam-se amigos.

Quando isso acontece, a empresa coloca cada um em um carro diferente, turnos diferentes e se a amizade for mais forte, até mesmo trocam de linha esses trabalhadores que ainda insistem em manifestar um pingo de humanidade.

CHANANECO COMPASSO

Diz que a vida é para quem
sabe viver, mas nasceu pronto.
Não tem medo de nada.
Não foge da briga
e tem sede de perder.
Sua agressividade deve ser
mantida sob controle.

São esses lixeiros recolhendo sacos pretos e pesados cheios de coisas fedorentas e perigosas, como gatos mortos e cacos de vidro. E pedindo uma contribuição para a caixinha, no Natal, para engordar a janta da família.

Eles correm muito o dia todo, ladeira acima, avenida abaixo, ruas estreitas e vias expressas cheias de carros velozes. Sempre atrás do caminhão, arremessando os sacos com uma perícia extravagante.

E cantam, esses lixeiros, apesar do trabalho quase desumano, cantam, gritam, assobiam, brincam com as crianças (muitas delas querem ser lixeiros quando crescer), pedem água nos bares, fumam e dançam pendurados na traseira do caminhão, junto de todo aquele lixo, olhando a cidade de um ponto de vista privilegiado.

Quase ninguém dá bom dia ao lixeiro.

São essas garis empurrando o carrinho que deveria se chamar caçambinha, varrendo as calçadas e as ruas numa caminhada interminável, lenta e muito cuidadosa. Enchendo sacos de plástico amarelo com gravetos, garrafinhas, guimbas, bolinhas de papel e todo tipo de coisas que jogamos na rua sem dar importância a elas.

Elas também cantam, contam piadas, dançam e brincam com as crianças (nenhuma delas quer ser gari quando crescer). Não é porque estão o dia todo na rua, que abrem mão de sua vaidade. Usam brincos, batons, lencinhos e colares, broches, pulseiras e óculos de sol. Aqui no Parque há uma extravagante: encheu-se de piercings, o rosto e os braços são totalmente cobertos. Todos olham quando ela passa, e ela gosta disso, quer mesmo se exibir, faz um tipo estranho e atraente. As garis não são invisíveis para quem respeita sua vida e seu trabalho.

Quase ninguém dá bom dia à gari.

VENEZIANO TOCAGAITA

Silencia tanto que,
às vezes, se equivoca
em suas primeiras relações
e lhe falha se encontrar amor.
Dispõe sobre falar.
Custa é aprender a calar.

São esses políticos avançando com os setecentos dedos de suas trezentas mãos sobre, dentro e adentro dos nossos bolsos, dos caixas das empresas, dos cofres públicos, do cofrinho das crianças, da lata de esmolas dos mendigos, da Casa da Moeda, da moedinha caída no chão, onde quer que haja algum trocado.

Avançando com seus noventa e oito olhos em direção a nossos cus, nossos paus, nossas bucetas, nossos corações, nossos fígados, nossas pernas, doidos para controlar o que pensamos, o que fazemos, aonde vamos, por que, quando, como, com quem.

Avançando com suas línguas, lábios, dentes e discursos sobre nossos cérebros, nossos ouvidos, nossa paciência, nossa esperança, nosso humor, nosso silêncio e nossa fala, nossa já quase impossível poesia.

São esses políticos crescendo em ambientes impróprios a uma vida saudável, mas tornando-se líderes comunitários, líderes sindicais, líderes municipais, estaduais, nacionais, numa carreira meteórica, enchendo de orgulho seus antigos amiguinhos de infância e sua mamãe e seus companheiros de luta e uma nação inteira dependente de suas decisões.

Ou são esses políticos que nasceram em berço de ouro e sempre tiveram tudo do bom e do melhor; ganharam um emprego público de herança, ganharam eleição sem abraçar um eleitor, tiveram uma carreira meteórica sem apresentar qualquer proposta, enchendo de orgulho seus antigos amiguinhos de infância e seus companheiros de farra e uma nação inteira dependente de suas decisões.

Ou são esses políticos que não puderam estudar além dos dez anos de idade porque precisavam trabalhar para sustentar a família numerosa e pobre e por isso acabaram aceitando participar de um esquema na juventude que facilitou um pouco as coisas, inclusive pagou o aluguel de um partido para serem eleitos vereador, deputado e senador, sem nunca serem flagrados em seus pequenos delitos e por isso servem de exemplo à grande massa de cidadãos que sonham em também chegar lá, seja de que jeito for, desde que ninguém os pegue com a mão na cumbuca.

SORAIADITE DO CASAL

Vive num rio que
é uma cobra que tem a boca
na chuva e a cauda no mar,
o mais importante do mundo,
onde as pessoas não estão
sempre iguais, ainda,
mas vão sempre mudando.

São esses miseráveis atrapalhando o trânsito dos pedestres que precisam chegar a outro lugar. Porque, sentados, eles têm mania de esticar suas pernas cheias de feridas e pústulas amarradas por trapos imundos. Ou apenas uma perna, pois é comum eles perderam a outra por aí. E depois da perna no caminho, vem o tronco, magro demais, coberto por alguma camiseta furada de político ou agasalhos muito velhos. Os braços (ou o braço) também são sujos, machucados e cobertos por algum pano tingido de sangue, esticados num gesto de súplica permanente. O rosto é sempre aquela composição de marcas causadas sabe-se lá por quais doenças, olhar (de um ou dois olhos) carregado da dor universal e a boca desdentada ruminando qualquer som ininteligível.

Esses miseráveis não precisam da palavra para dizer a que vieram ou a que estão. O quadro como se expõem já diz tudo o que eles, conscientes disso ou não, precisam dizer para conseguir o que querem. Sua postura e sua localização confirmam sua situação. Só querem participar do cenário da cidade. Sim, pedem esmolas, mas não é disso que se trata. Seu objetivo é manter um discurso, uma narrativa, ser um dos elementos constitutivos de uma realidade que eles não dominam, que os mantém nesta penúria, fome, frio, desgraça, insuficiência, dependência.

Apesar de estar sempre abaixo da última camada do estrato social, são conscientes de que sua existência sustenta a pirâmide, alimenta o ciclo vital da sociedade, fornece combustível para girar a roda da economia, dá energia para manutenção dos religiosos e religiões e, finalmente, é elemento indispensável às leituras estéticas que se fazem da cidade.

Além desses miseráveis estáticos, há os itinerantes, que se deslocam pela malha urbana, criando uma fluidez de miserabilidade própria, para não deixar pontos vulneráveis em qualquer região relevante. Por isso podem ser abordados em metrôs e ônibus, praças e parques, semáforos e feiras, filas e portas de bancos. Outra de suas funções é manter alerta a consciência das pessoas não miseráveis, lembrar-lhes dos esforços necessários, imensos, para manter-se onde estão. Por isso são fundamentais para preservação da vida na Terra tal qual a conhecemos.

ABIAS GINO

Bastante severo,
especialmente nas questões
relacionadas à ética e à moral.
Idealista e aventureiro,
explora o jogo. Sua raça
é ele mesmo. A pessoa é uma
humanidade individual.

São esses modelos pulando e dificultando meu trabalho, me obrigando a ajeitar seu bonezinho, subornando-os com um docinho, explicando-lhes que não precisam ter medo pois tudo isso é só para que eles possam se recordar mais tarde.

São esses modelos que nunca estão na nitidez mínima necessária, parecem sombras se movendo na sombra, luz contra a luz; existem dentro de uma bruma cinza sendo cinzas, pouco sólidos mergulhados em lágrimas.

São esses modelos irritantes de tão modestos, muitas vezes simplórios, mãos nos bolsos das calças rotas, sempre se desculpando por existir, sorriso submisso, oferecendo seu lugar no mundo a qualquer um, pois eles sempre consideram o outro superior.

São esses modelos escondidos atrás de óculos escuros, roupas finas ou uniformes imponentes, postura altiva de quem tem o poder, sorriso escondido entre os lábios tensos, seguros de que podem nos fazer sofrer.

São esses modelos latindo ou miando, me chantageando com sua beleza, mistério e charme, expressando emoções tão intensas pelo olhar e pelo movimento que é impossível não entender sua alma.

São esses modelos sempre se movimentando em grupos, blocos que parecem não ser formados por indivíduos, mas constituírem um corpo único com consciência e desejos próprios.

São esses modelos excêntricos, às vezes gente, às vezes coisa, não se parecendo com nada já registrado por mim antes e, por isso mesmo, atraindo a atenção de minhas lentes com mais interesse e curiosidade.

São esses modelos com ofícios específicos, movimentando a máquina ao realizar as tarefas que ela espera deles, sendo remunerados por isso, sentindo-se plenamente satisfeitos.

São esses modelos imateriais que me obrigam a rever tudo o que aprendi para descobrir que ainda não sei nada e, quando finalmente acho que posso clicar, eles já não estão diante da câmera, mas dentro de mim.

São esses fotógrafos com um olho voltado para dentro, incapazes de registrar com qualidade o que veem, ajustar o foco, acertar o flash de magnésio e sempre clicando quando o modelo se abaixa para amarrar o sapato.

São esses fotógrafos com um olho voltado para fora tentando capturar tudo que acontece ao redor, mas incapazes de sacar que sua percepção não passa da superfície das pedras e da pele.

São esses fotógrafos usando o fotômetro no passado, certos de que dar closes em momentos de dor ou em erros cometidos será o bastante para amenizá-la ou corrigi-los.

São esses fotógrafos espetando o zoom na direção do outro, manipulando imagens para obter os resultados previamente esboçados.

São esses fotógrafos enfurnados em laboratórios escuros, intoxicando-se com produtos químicos desconhecidos, revelando em filmes vencidos um mundo que nunca existiu.

São esses fotógrafos assediando as pessoas, oferecendo seu trabalho em liquidação, rebaixando-se, sorriso de escárnio no canto da boca, sentindo-se superiores a seus clientes.

São esses fotógrafos desprezando negativos ao fim do dia, entediados com tanta repetição, tudo apenas retratos esmaecidos, esquecendo-se que até o mais amarelado 3x4 também teve alma um dia.

São esses fotógrafos digitalizando álbuns analógicos, um labirinto infindável habitado por fantasmas que eles tentaram registrar com grandes angulares para uma posteridade que nunca veio.

São esses fotógrafos lambendo os cacos de vidro da realidade, fragmentos de um mundo que eles não conseguiram enquadrar e muito menos compreender.

São esses fotógrafos fixando em pedaços de papel volumes, cores, luzes, sombras, personagens e histórias que ficariam melhor eternizados em fotografias que em textos velados.

NÃO

CARTA AO LEITOR

Caríssimo(a),

agora que terminou de ler o livro, permita-me compartilhar duas ou três ideias a respeito de Sérgio Fantini, um autor que, apegado a alguns inegociáveis princípios éticos, insiste admiravelmente em trilhar caminhos cada vez mais desprezados por seus contemporâneos.

Enquanto todos os escritores e candidatos a escritor sonham assinalar o nome nos catálogos das grandes editoras, acreditando iludidos que isso lhes trará prestígio e visibilidade, Fantini sempre optou por lançar seus títulos por pequenas casas independentes, como a Jovens Escribas, ou até mesmo por selos de fantasia de editoras inexistentes. Mas, ao contrário de boa parte de seus colegas que, após falhar ao tentar serem aceitos pelo mercado editorial, acabam se autopublicando no afã quase exclusivo de alimentar pequenas vaidades, Fantini mantém-se à margem visando apenas garantir a sua total liberdade de criação.

Liberdade de criação significa para ele não se dobrar aos ditames do momento, mas deixar-se guiar pela necessidade vital de propor reflexões sobre seu tempo.

Nesse sentido, remando contra as ondas que trazem à praia centenas de depoimentos pessoais enfeitados como narrativas inventadas – a chamada autoficção –, Fantini permanece fiel à realidade imediata, não mimetizando-a como um naturalista que caça borboletas para catalogá-las e expô-las em quadros inanimados, mas como artista que recolhe resíduos dos dias e os transforma em fragmentos de vida. Pois, acima de tudo, Fantini sabe que é a linguagem que permite o salto transcendental que configura a verdadeira literatura.

O escritor Sérgio Fantini nasceu no final da década de 1970 vendendo de mão em mão seus livrinhos de poesia. Desde meados da década de 1980, ele vem construindo sem alarde e sem pressa uma obra ficcional, pequena mas devastadora, constituída de contos breves e longos (a que outros chamam novela): *Diz Xis, Materiaes, A ponto de explodir, Novella*... E agora este *Lambe-lambe*, espécie de síntese e ultrapassagem de sua trajetória, tanto do ponto de vista formal quanto de conteúdo.

Estruturalmente, Fantini nos oferece aqui não contos breves ou longos, mas uma narrativa extensa composta por peças curtas que podem ser lidas e entendidas como unidades autônomas, mas que, tomadas no conjunto, ganham em densidade e compreensão.Tematicamente, aprofunda o seu interesse pelos personagens invisíveis que povoam a sociedade, iluminando os cantos obscuros por onde transitam. Se, até então, surgiam aprisionados em suas histórias individuais, trágicas quase sempre, agora irrompem anônimos como coadjuvantes de um destino comum: não mais rostos identificáveis, mas corpos esvaziados de subjetividade.

Todos os capítulos iniciam-se com a frase "São esses" ou "São essas", para em seguida descrever uma infinidade de personagens que enxameiam os espaços públicos, milhares, milhões de seres despossuídos de tudo, preocupados apenas com a própria sobrevivência. A repetição continuada da fórmula em textos de tamanho padrão, como o bate-estaca no terreno de um edifício em construção, reencena a monotonia de existências sem biografia, de homens, mulheres e crianças que caminham anônimos para uma morte inglória.

Fantini traça um retrato sem retoque da sociedade contemporânea – não à toa seu narrador apresenta-se como fotógrafo. Por meio de um olhar às vezes compassivo, às vezes irônico, às vezes cínico, passeamos pelos meandros de um surpreendente zoológico, onde, desesperançados, movidos unicamente pela necessidade de atender nossos instintos básicos, experimentamos a estranha sensação de sermos ao mesmo tempo o sujeito observador e o objeto observado.

Nesse lugar, situado na periferia do mundo, onde imperam a hipocrisia e a mediocridade, perdemos a noção do humano: importa não o que você é ou quer ser, mas o que você tem ou deseja ter. O embate entre essência e aparência é explicitado, com ácido humor, nas vinhetas que pontuam a narrativa, acentuadas pelos desenhos de Guga Schultze: concisos três por quatro satíricos, que prefiguram por instantes uma caricatura – um zoom na multidão para flagrar a expressão aleatória, mas emblemática, de um obscuro personagem.

Com rara competência, Fantini nos descortina o mundo cinza que recusamos ver, o panóptico em que estamos enjaulados. Por isso, ocupa lugar ímpar no cenário da literatura brasileira contemporânea.

Luiz Ruffato

NÃO

AGRADECIMENTOS

Adriane Garcia, Ana Elisa Ribeiro, Carlos Fialho, Danilo Medeiros, Ernani Ssó, Francisco de Morais Mendes, Guga Schultze, Luiz Ruffato, Marçal Aquino, Marcelo Carota e Rosângela Lima.

Para confecção das minibiografias, usei nomes reais, embaralhados, e frases de vários escritores e de horóscopos, material disponível na web.

Este livro foi composto em tipologia
Rotis SemiSerif, criada por Otl Aicher em 1988,
corpo 11,5/17, em papel pólen bold 90g/m²
e impresso na Unigráfica, Natal / RN,
em novembro de 2016 para a Editora Jovens Escribas.